포의 교집, 초옥 이야기

포의교집, 초옥 이야기

정공보 지음
박희병, 정길수 교감·역주

2019년 3월 8일 초판 1쇄 발행

펴낸이 한철희 | 펴낸곳 돌베개 | 등록 1979년 8월 25일 제406-2003-000018호
주소 (10881) 경기도 파주시 회동길 77-20 (문발동)
전화 (031) 955-5020 | 팩스 (031) 955-5050
홈페이지 www.dolbegae.co.kr | 전자우편 book@dolbegae.co.kr
블로그 imdol79.blog.me | 트위터 @Dolbegae79

주간 김수한 | 편집 이경아
표지디자인 민진기 | 본문디자인 이은정·이연경
마케팅 심찬식·고운성·조원형 | 제작·관리 윤국중·이수민
인쇄·제본 상지사 P&B

ISBN 978-89-7199-929-5 (03810)

이 도서의 국립중앙도서관 출판시도서목록(CIP)은 e-CIP 홈페이지
(http://www.nl.go.kr/ecip)에서 이용하실 수 있습니다.(CIP제어번호: CIP2019007382)

책값은 뒤표지에 있습니다.

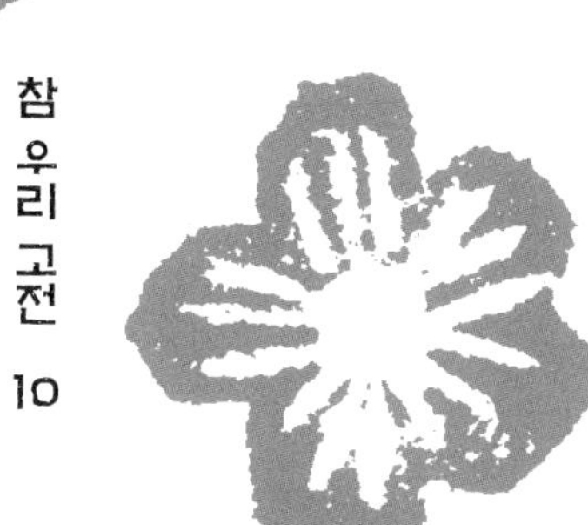

참 우리 고전 10

포의교집, 초옥 이야기

布衣交集

정공보 지음 — 박희병, 정길수 교감·역주

돌베개

책머리에

『포의교집』은 고종 연간인 1866년에서 그리 멀지 않은 시점에 창작된 한문소설이다. 작자는 정공보鄭公輔로 추정되는데, 어떤 인물인지는 미상이다. 작품명 '포의교집'布衣交集은 '포의의 사귐'이라는 뜻이다.

작품 제목만 보면 포의의 우정을 다룬 소설 같지만 실제로는 40대의 선비 이생과 17세의 절세미녀 초옥 사이의 사랑을 다루고 있다. 이생은 시골에서 올라와 서울의 친구 집에 기식하는 가난하고 풍채도 변변치 않고 문학적 재능도 별로인 인물이다. 초옥은 원래 신분이 종이지만 지금은 서민의 아내다. 그러니 이 작품이 그리고 있는 사랑은 유부남 유부녀의 사랑, 즉 불륜이다.

작자는 왜 이런 불륜의 이야기를 '포의의 사귐'이라고 명명했을까? 이는 초옥이 시종일관 '포의의 사귐'을 꿈꾸며 이생에게 자신의 이상을 투사하고 있음을 중시해서다. '포의'는 벼슬이 없는 선비를 이르는 말이고, '포의의 사귐'은 부귀를 초월한 포의의 교우交友를 말한다. 초옥은 사대부도 아니고 남자도 아니면서 왜 그리도 포의의 사귐을 동경한 것일까? 그것은 초옥의 처지와 내적 모순에서 기인하는 것으로 보인다. 이 내적 모순에서 그녀의 삶은 엄청난 풍파를 겪게 되고, 그녀의 운명은 도무지 알 수 없는 방향으로 전개된다.

초옥이 이생을 향한 사랑에 자신의 전 존재를 거는 것과 달리 이생은 일종의 심심풀이로 초옥을 사랑할 뿐이다. 그럼에도 이생은 결코 악인은 아니며, 딱하고 하릴없는 존재이기는 하나 그렇다고 미워할 수만도 없는 인간이다. 이 점에서 이 작품은 이전의 한국 고전소설에 보이지 않는 새로운 인물 전형을 창조해 낸 셈이다. 이 인물 전형은 근대소설로 연결된다.

지식은 해방의 도구이기도 하지만 속박의 도구가 되기도 한다. 지식이 속박의 도구가 된다는 사실은 16세기 후반에 활동한 동아시아의 걸출한 저항적 지식인 이탁오가 「동심설」童心說에서 갈파한 바 있다. 초옥은 여종 출신이지만 어린 시절부터 약간의 한문 지식과 교양을 습득했다. 이것이 그녀로 하여금 자신의 계급을 벗어나 사대부 세계에 속한 한 남성을 사랑하게 만든 것으로 생각된다.

이 점에서 그녀의 사랑에는 두 가지 의식의 지향점이 발견된다. 하나는 일종의 허위의식이고, 다른 하나는 집을 뛰쳐나온 '노라'의 의식에 견줄 만한 의식이다. 후자는 전자와의 모순적 얽힘에도 불구하고 젠더적 측면에서 일정한 '혁명성'을 보여준다. 무릇 어느 시대나 사랑은 그것이 속한 풍경 바깥으로 흘러 나가려는 지향을 '돈오적'頓悟的으로 보여주곤 하지만, 초옥의 사랑이 보여주는 저 전투적이며 생사를 건 면모는 아주 강렬하고 유별나 문제성을 띤다.

나는 이상택 선생이 규장각 관장으로 계시던 1997년 규장각에 소장된 국어국문학 자료를 정리하는 사업의 책임자로 있었는데 그때 『포의교집』을 처음 찾아냈다. 그리고 이 해 2학기 서울대 국문과 대학원에 개설된 '한국고전단편소설론' 수업에서 이 자료를 강독하며 번역·주석 작업을 한 바 있다. 당시 이화여대 대학원생들이 수업에 함께 참여했던 것으로 기억된다. 이듬해 1월 수강생의 한 사람인 정길수 교수(당시는 학생)가 수업 중에 번역한 것을 최종적으로 취합하는 작업을 함으로써 이 작품의 초벌 번역이 일단 마무리되었다.

이 작품에는 특이하게도 본문에 협주夾註가, 상단 난외欄外에 두주頭註가 있다. 그런데 협주처럼 적어 놓았으나 맥락상 주註가 아니라 본문의 일부로 보아야 할 곳들이 여럿 있다. 게다가 이 작품에는 오자誤字가 대단히 많다. 이는 모두 필사 과정에서 발생한 오류들로 보인다. 이런 이유로 이 작품을 제대로 번역하기 위해서는 원전비평이 필수적이다. 하지만 이미 나와 있는 번역서는 이런 작업을 거치지 않았으며, 이로 인해 작품의 의미 파악에 차질이 야기되고 있는 것으로 보인다.

이에 나는 20여 년 전 나의 수업을 들은 정길수 교수와 함께 옛날의 초벌 번역을 토대로 이 작품을 새로 번역하였다. 비록 주석이 자세하고 체재가 엄정한 학술적 번역에 해당하기는 하나, 되도록 일반 독자들도 읽고 이해하기 쉽게 번역하고자 적지 않은 노력을 기울였다. 여기에는 젊은 시절 소설가를 지망한 정길수 교수의 공이 실로 크다.

이 책에 첨부된 원문에는 자세한 교감주校勘註가 달려 있다. 정본定本을 만든다는 생각으로 작업을 했으니, 앞으로 이 작품을 연구하는 분들에게 얼마간 도움이 되기를 바란다. 아무쪼록 이 책이, 여러모로 문젯거리를 내포하고 있는 『포의교집』에 대한 이해를 높이는 데 조금이나마 기여했으면 한다.

2019년 3월

박희병

차 례

한 조각 운우의 꿈[1]을 꾸고
녹수綠水와 청산을 길이 그리워하네.
예로부터 미인은 박명하지만
영웅은 끝없이 세상에 나네.

나라에서 신하가 임금을 위해 충성하고, 집에서 아내가 남편을 위해 절개를 지키며, 밖에서 친구가 벗을 위해 신의를 지키는 것은 예나 지금이나 성대한 복이다. 이는 모두 골육지간이 아니건만 형제보다 정이 더하고 친척보다 은의가 더한 것은 상대를 특별한 예로 대우하기 때문이다. 그러므로 예양은 본래 지백의 신하가 아니

1 운우雲雨의 꿈: 운우지정雲雨之情. 전국시대戰國時代 초나라 회왕懷王이 중국 중경시重慶市 무산현巫山縣 고도산高都山에 있던 양대陽臺에서 낮잠을 자다가 꿈에 무산의 여신을 만났는데, 무산의 여신이 자신은 아침에는 구름이 되고 저녁에는 비가 된다고 말한 뒤 잠자리를 함께했다는 전설에서 따온 말.

었으나 조나라에서 그의 충성을 본받았고,[2] 형경[3]은 본래 연나라 태자 단의 벗이 아니었으나 진秦나라에서 그의 의기를 흠모했다. 이들은 모두 목숨을 버리고도 후회가 없었으니, 어찌 충의에 분발하여 명성을 이룬 자가 아니겠는가. 그러나 그들을 그렇게 만든 것은 그들의 의기를 인정하여 특별히 대우한 사람이 있었기 때문이다. 그런 까닭에 그들은 죽음으로써 절개를 지키기에 이르렀으니, 어찌 한갓 골육을 이르겠는가?

"누구를 위해 일하며, 누구로 하여금 듣게 할까?"[4]라는 말이 있다. 종자기가 죽자 백아는 현을 끊고 종신토록 다시는 거문고를 타지 않았으며,[5] 노인이 죽자 장석은 종신토록 다시는 도끼를 휘두

2 예양豫讓은 본래~충성을 본받았고: '예양'은 전국시대 진晉나라 사람으로, 처음에는 진晉나라의 범씨范氏와 중행씨仲行氏를 섬겼으나 자신을 알아주지 않자 진나라 대부 지백智伯을 주군으로 섬겨 두터운 신임을 얻었다. 훗날 조양자趙襄子가 지백을 죽이고 조趙나라를 독립시키자 예양은 주군의 원수를 갚기 위해 조양자를 살해하려 했으나 발각되었다. 조양자는 예양의 충의에 감탄하여 예양을 석방했지만, 예양은 몸에 옻칠을 해서 문둥이로 가장하고 다시 조양자를 살해하려 하다가 또 실패한 뒤 자살했다. 조양자와 조나라 선비들은 예양의 의기를 높이 기렸다.

3 형경荊卿: 전국시대 위衛나라 출신의 자객 형가荊軻를 높여 부르는 말. 연燕나라 태자 단丹의 요청을 받아 진秦나라 왕을 죽이려 했으나 실패하고 살해당했다.

4 누구를 위해~듣게 할까: 사마천司馬遷의 「임안任安에게 답한 편지」(報任少卿書)에 나오는 말.

5 종자기鍾子期가 죽자~타지 않았으며: 거문고의 명인 백아伯牙는 자신의 음악을 가장 잘 이해한 종자기가 죽자 더 이상 거문고 연주를 하지 않았다고 한다. 이 구절의 원문은 한나라 양웅揚雄이 지은 「해난」解難에서 따왔다.

르지 않았다.[6] 어째서인가? 선비는 자기를 알아주는 사람을 위해 일하고, 여자는 자기를 좋아하는 사람을 위해 얼굴을 꾸미기 때문이다.

그러므로 노자老子는 말했다.

"나를 귀하게 여기며 알아주는 사람은 드물다."[7]

양자[8]는 이렇게 말했다.

"소리 중에 오묘한 것은 뭇사람들의 귀와 함께할 수 없고, 형상 중에 아름다운 것은 세속의 안목에 맞을 수 없다."[9]

소리와 형상 중에 지극한 것도 이러하거늘, 하물며 그 마음과 뜻이 서로 합하는 일이야 더 말할 나위가 있겠는가!

뜻이 하나로 모이면 비록 소진과 장의[10]가 다시 살아난다 한들 이간할 수 없을 것이요, 항우와 경포[11]가 다시 일어난다 한들 절개

6 노인獿人이 죽자~휘두르지 않았다: '노인'은 미장이의 이름. 다음 고사가 『장자』莊子에 전한다: 영郢 땅의 미장이가 미장일을 하다가 코끝에 석회가 튀어 붙자 목공 장석匠石에게 떼어 달라고 했다. 장석이 도끼를 휘둘러 미장이의 코는 조금도 상하지 않고 석회만 말끔히 떼어 내는 동안 미장이는 눈 하나 깜짝 않고 태연히 있었다. 양웅은 「해난」에서 이 고사를 인용하며 미장이를 '노인'이라고 칭한바, 이 구절의 표현 역시 「해난」에서 따온 것이다.

7 나를 귀하게~사람은 드물다: 「해난」에 나오는 말. 『노자』老子에는 "나를 아는 자는 드물고, 나를 본받는 자는 귀하다"(知我者希, 則我者貴)라고 되어 있다.

8 양자揚子: 양웅揚雄을 높여 부르는 말.

9 소리 중에~맞을 수 없다: 「해난」에 나오는 말.

10 소진蘇秦과 장의張儀: 전국시대 말의 정치가. 뛰어난 변설로 전국시대 군주들을 설득하여 각각 합종책合縱策과 연횡책連衡策을 시행하게 했다.

를 빼앗지 못할 것이니, 어찌 이익으로 그들의 마음을 움직일 수 있겠는가?

아리따운 미녀를 만나기는 쉽지만 포의지교[12]는 예로부터 이루기 어려웠다. 그러므로 이 글을 지어 한바탕 웃게 하고자 하거늘, 그 지극한 데 이르러서는 천지신명도 그 진실함을 인정해 감응할 것이니 조물주도 시기할 수 없을 터이다. 이 글을 읽는 사람은 사광이 종의 음률이 정확하지 않다고 지적한 일이 후세에 진정으로 음률을 아는 사람이 나오기를 기다린 것이었음을[13] 상기해야 할 것이다.

11 항우項羽와 경포鯨布: 초나라의 영웅 항우와 한나라의 명장 영포英布. 영포는 진나라 말기에 형벌로 '경'鯨(묵형墨刑을 이름)을 받은 바 있어 '경포'라고도 불렸다. 본래 초나라 항우 막하의 대장이었으나 초나라를 배반하고 유방劉邦의 휘하로 가서 한나라의 개국공신이 되었으며, 훗날 다시 한나라에 모반했다가 반역죄로 피살되었다.

12 포의지교布衣之交: 신분과 지위의 높낮이를 떠나서 사귀는 친구, 혹은 그런 사귐을 이른다. 이 작품의 제목 '포의교집'布衣交集도 같은 뜻이다.

13 사광師曠이 종鐘의~기다린 것이었음을: '사광'은 춘추시대 진晉나라의 악사樂師로, 거문고의 명인이었고 음률을 정확히 분별하는 능력으로 유명했다. 진나라 평공平公이 큰 종을 만들어 악공들에게 들려주자 모든 악공들이 종의 음률이 정확하다고 했으나 사광 홀로 음률이 정확하지 않으니 다시 만들어야 한다고 했다. 평공이 다른 악공들은 모두 음률이 정확하다고 말하지 않느냐고 하자, 사광은 후세에 음률을 아는 자가 종의 음률이 부정확한 것을 지적할 테니 이 종이 평공의 오점이 될 수 있다고 대답했다. 본래 『여씨춘추』呂氏春秋에 전하는 고사인데, 이 구절의 표현 역시 「해난」에서 따왔다.

충청도에 이생[14]이라는 사람이 살았다. 문벌 좋은 집안 출신이었으나 재주가 시원찮아 쓰이지 못했고, 뜻은 컸으나 내실이 없었다. 이생은 불혹不惑의 나이가 지났으나 가업[15]을 팽개쳐 고향에서 천대 받는 신세였다. 그러나 경치 좋은 곳이 있다고 하면 신상에 아무리 긴급한 일이 있다 해도 다 내팽개치고 반드시 가 보고야 마는 성격이었다.

동치 갑자년[16]에 이생은 세도가와 인척을 맺어 벼슬길에 나아갈 마음을 먹고 서울에서 두어 달 지냈다. 당시에 여러 동료들과 때때로 산수 유람을 하며 지은 글이 상자를 가득 채웠다.

같은 고을에 살던 장진사張進士라는 사람도 역시 벼슬길에 뜻이 있어 서울에 머물고 있었다. 마침 남촌[17]의 장승지張承旨 집안 친척이 후사가 없어 양자를 얻으려 한다고 하자 이생은 장진사에게 그 집의 양자로 들어가라고 힘써 권했다. 그리하여 장진사는 벼슬아치 집안의 양자가 되어 대를 잇게 되었다. 생각해 보니 계속 시골에 살아서는 벼슬을 얻기 어려울 듯싶었다. 마침내 장진사는 서울

14 충청도에 이생李生: 뒤에 "임천林川 이서방님"이라는 말이 나오는 것으로 보아 이생이 거주한 곳은 충청남도 임천임을 알 수 있다. 지금의 부여군 임천면에 해당한다.

15 가업家業: 여기서는 집안 대대로 전해 내려온 학업學業을 이른다.

16 동치同治 갑자년: 고종高宗 원년인 1864년. '동치'는 청나라 목종穆宗의 연호인데, 1862년에서 1874년까지 사용했다.

17 남촌南村: 서울 남산 기슭을 중심으로 청계천 남쪽 일대를 가리키던 말.

남촌의 대전골[18]로 이사한 뒤 이생을 불러 숙식을 같이하며 객지에 사는 근심을 함께 풀었다.

장진사가 이사한 집은 큰 저택이라 행랑이 10여 호戶에 대문과 중문[19]이 우뚝 솟은 것이 마치 재상의 집이나 되는 듯했다. 이 집은 본래 이판서李判書 댁이었으나 중간에 부침이 있어 중인中人의 소유가 되었고, 그 뒤 중인도 감당하지 못해 다시 장진사에게 팔렸다. 안팎으로 사랑채가 있었는데, 장진사는 안사랑에 거처했다. 바깥사랑에는 '당파'堂婆라 불리는 노파가 이전 주인부터 세 들어 살고 있었다.

6월 어느 날 이생은 『진신록』[20]을 베껴 쓰다가 무더위를 견디지 못해 바깥사랑의 서헌西軒을 청소해 거처를 옮겼다. 그곳은 당파의 방과 두어 칸 벽 사이여서 수시로 당파에게 동네의 풍속을 묻기도 하고 행랑 생활을 묻기도 했다. 낮에는 늘 장진사와 만나 담소를 나누었다.

매일 아침저녁으로 무더운 기운이 푹푹 찔 때면 행랑채 여자들이 노소를 막론하고 모두 중문 안의 빈 대청에 모여 바느질을 하기도 하고 솜을 타기도 하고 다듬이질을 하기도 했다. 빈 대청이 서헌

18 대전골: 죽동竹洞. 지금의 서울 중구 을지로 2가·3가와 수표동·장교동에 걸쳐 있던 마을. 대그릇을 파는 죽전竹廛이 있었다.

19 중문中門: 대문 안에 다시 세운 문.

20 『진신록』搢紳錄: 청나라 때 관리들의 직관과 관향貫鄕 등의 이력을 기록한 책. 혹 우리나라 벼슬아치들의 직관과 이력을 기록한 책일 수도 있다.

과 바짝 붙어 있어서 이생은 늘 겸연쩍었으나, 여자들은 아무런 거리낌 없이 날마다 와서 이생을 마주 대하는 일을 어려워하지 않았다. 서울과 시골의 풍속이 달라 모든 일이 소탈하기 때문이었다.

그 행랑채 여자들 중에 젊고 아름다운 새댁이 하나 있었다. 나이는 열예닐곱쯤에 얼굴이 예쁘고 자태가 아리따웠는데, 연지와 분은 바르지 않고 눈썹만 살짝 다듬었다. 분홍색 얇은 비단 저고리에 연푸른빛 얇은 비단 치마를 입었으며, 풍성한 검은 머리에는 금봉차[21]를 꽂고 하얀 비단 버선에 수놓은 가죽신을 신었다. 나긋나긋하기는 월나라 비취선[22] 같고, 음전하기는 남전의 명월당[23] 같았다. 사뿐히 걸으면 옥 소리가 나는 듯했으며, 한 걸음을 떼면 성城을 기울일 만하고, 한 번 웃으면 온 나라를 기울일 만했다. 누런 돗자리에 앉아 흰 눈 같은 솜을 타고 있는 모습을 바라보고 있으면 마치 옥경[24]의 선녀가 구름 끝에서 노니는 듯했다. 노씨의 울금당에 살던 막수[25]가 아니면 동쪽 담장 너머에서 송옥을 엿보던 미

21 금봉차金鳳釵: 봉황 모양을 새긴 금비녀.

22 월越나라 비취선翡翠扇: 중국 절강성浙江省에서 나는 비취로 장식한 부채.

23 남전藍田의 명월당明月璫: 남전에서 나는 고급 옥으로 만든 귀걸이. '남전'은 중국 섬서성陝西省 남전현藍田縣 동남쪽에 있는 산 이름으로, 아름다운 옥의 산지로 유명하다.

24 옥경玉京: 도교道敎에서 옥황상제가 산다는 곳.

25 노씨盧氏의 울금당鬱金堂에 살던 막수莫愁: '막수'는 육조시대六朝時代 양梁나라 낙양洛陽의 여성으로 노씨에게 시집가서 '울금당', 곧 울금향이 나는 방에 거처하며 부귀를 누렸다.

녀[26] 같았고, 연꽃처럼 청초한 탁문군[27]의 얼굴에 버들가지처럼 가느다란 소만의 허리[28]를 지녔는데, 아름다운 자태에 얌전하게 화장한 모습은 고상하면서도 빼어났다. 강개한 모습은 마치 꽃 속에서 낭군을 떠나보내며 후회하는 양 싶고, 아리따운 모습은 마치 버들가지가 달을 기다리며 한을 품은 듯했는데, 웃음 지을 때 예쁘게 팬 보조개는 사람의 마음을 설레게 하고, 아름다운 눈에 또렷한 눈동자는 사람의 마음을 애타게 했다.[29] 이생은 비록 여색을 탐할 나이가 지났으나, 한 번 보고는 놀랍고 신기하며 황홀하기 그지없어 춘정을 이기지 못하고 호방한 흥취가 절로 일렁였다.

이생은 며칠 동안 그렇게 지내며 마음이 쏠리는 것을 참을 수 없었다. 마침내 당파를 가까이 불러 그 미녀를 가리키며 물었다.

"저 낭자는 누군가?"

26 동쪽 담장~엿보던 미녀: 전국시대 초楚나라의 송옥宋玉이 「등도자호색부」登徒子好色賦에서 말한 천하제일의 미녀. 송옥은 호색가라는 참소를 입자 자기 집 동쪽에 사는 절세미인이 3년 동안이나 담장 너머로 자신을 엿보았으나 마음을 허락한 적이 없다며 결백을 주장했다.
27 탁문군卓文君: 한나라 때의 부호富豪 탁왕손卓王孫의 딸로, 재색을 겸비했다. 일찍이 과부가 되어 친정에 머물다가 그곳에 들른 사마상여司馬相如가 거문고를 타며 유혹하자 함께 달아났다.
28 버들가지처럼 가느다란 소만小蠻의 허리: 당나라 시인 백거이白居易의 시에서 따온 말. '소만'은 백거이의 첩으로, 춤에 능한 기녀였다.
29 웃음 지을~애타게 했다: "웃음 지을 때 예쁘게 팬 보조개"(巧笑倩兮)와 "아름다운 눈에 또렷한 눈동자"(美目盼兮)는 『시경』詩經 위풍衛風 「석인」碩人에 나오는 구절.

당파가 웃으며 대답했다.

"서방님, 그걸 왜 물으십니까? 뭔가 해 보고 싶은 일이 있어 그러십니까? 저 사람은 행랑에 사는 양씨楊氏 집 며느리로 '양소부'[30]라고들 부릅니다. 그런데 도도한 성격이라 곁에 있는 사람과도 말을 주고받지 않으니, 서방님께서는 허튼 생각일랑 품지 마십시오. 나이는 이제 열일곱이고, 그 남편은 열아홉입니다. 본래 남령위[31] 궁궐의 시비侍婢였다가 그 시아버지 되는 양노인이 몸값으로 비단을 바치고 며느리로 삼았습니다. 시집오기 전에 궁궐 밖의 미소년 하나가 양소부의 자색에 반해서 몰래 구애했지만 양소부가 들어주지 않았다고 합니다. 이 때문에 소년이 병들어 죽을 지경이 되자 소년의 부모가 호소하고 간청했지만 양소부는 끝내 들어주지 않았고, 그리하여 소년은 죽고 말았답니다. 그 뒤로 소년의 혼령이 한 늙은 궁녀에게 씌어 늙은 궁녀가 밤낮으로 양소부를 때렸답니다. 그래서 양소부는 강으로 피신했는데, 그러던 중에 양노인이 몸값을 바쳤다고 합니다. 여기 온 지 이제 겨우 1년이 된 데다 그 시아버지가 엄하며 늘 살피고 있어 양소부는 밖으로 나다니질 못한답니다."

30 양소부楊少婦: '소부'는 젊은 아낙이라는 뜻.

31 남령위南寧尉: 헌종憲宗~고종 때의 문신 윤의선尹宜善(1823~1887)을 말한다. 1838년(헌종 4) 순조純祖의 3녀 덕온공주德溫公主(1822~1844)와 혼인하여 남령위가 되었고, 고종 때 종1품 벼슬인 판의금부사判義禁府事·판돈녕부사判敦寧府事를 지냈다.

이때 장진사는 양갓집 서오촌[32]인, 자字가 '사선'士先이라는 자와 그 자리에 함께 앉아 있다가 당파의 이야기를 듣고 탄식했다. 상종하던 손님들이 이생이나 주인 장진사를 찾아올 때면 반드시 중문을 거쳐야 서헌에 이를 수 있었는데, 이들 중에도 양소부의 용모를 보고 맥을 놓지 않는 이가 없었다.

이생은 양소부를 사모해 마지않다가 양소부에게 '양파'楊婆라는 이름을 붙였다. 그로 말미암아 모두들 양소부를 양파라 부르게 되었다. 〔'파'婆는 늙은 여자를 칭하는 말이다. 곧이곧대로 '소부'라고 부르면 남의 귀에 들어갈까 싶어 양소부에게 그런 호칭을 붙인 것이다.〕[33]

청지기 영필永必도 이런 말을 했다.

"소인이 여기 산 지가 벌써 몇 달이지만 그 아낙은 눈길 한 번 주지 않으니 어찌 감히 말을 붙여 볼 수 있겠습니까?"

이생이 보기에도 양소부의 기색은 추상秋霜처럼 차가웠다. 더욱이 자신의 나이가 적지 않을 뿐 아니라 고향 집에 젊은 아내까지 있으니, 비록 객지에서 외롭게 지내는 처지라지만 어찌 간통을 생각할 수 있겠는가? 그럼에도 불구하고 양소부의 미모만큼은 참으로 탐이 났다.

32 양갓집 서오촌庶五寸: 양자로 들어온 집안의 서출庶出 오촌 당숙이나 당질 관계에 있는 사람을 이르는 말.

33 '파'婆는 늙은~붙인 것이다: 작자가 붙인 협주夾注이다. 이하 본문에 삽입된 작자의 협주는 〔 〕로 묶어 제시한다.

장진사 집에는 본래 중문부터 내문[34]까지 차면담[35]이 하나 있었으나 비바람에 형체도 없이 무너졌다. 그 바깥에 큰 우물이 있는데, 우물가에서 서헌이 바라보였다. 물을 긷기 위해 날마다 사내들 십여 명이 왔다. 장진사 집이 한때 중인의 차지였기에 물 긷는 사내들이 그동안 스스럼없이 왕래했고, 게다가 담배를 피워대며 시끄럽게 떠드는 꼴이 무엄하기 짝이 없었다. 이생은 이들이 몹시 보기 싫어 당장 행랑채 사내들을 불러 물 긷는 사내 몇 명을 잡아들이게 한 뒤, 어떤 자는 기와 조각에 무릎을 꿇리고, 어떤 자는 엎어뜨려 곤장을 때렸다. 몇 차례 이렇게 하는데 위의가 몹시 엄숙해서 그 뒤로는 감히 함부로 떠들거나 무례한 짓을 하는 자가 없었으며, 행랑채 사내들 또한 감히 중문 가까이에 그림자도 보이지 못했다.

그 이튿날 주인 장진사와 영필이 출타한 사이에 마침 사선이 왔다. 사선은 모화관[36] 근처에 살아서 날마다 한량 무리들이 오입질하는 것을 보았기에 남녀 간의 수작에 관해서라면 온갖 술수에 능한 자였다. 그때 여종 달금達今이 안채에서 술과 안주를 가져와 마루 아래에서 이생에게 바치며 따로 말을 전했다.

"어젯밤에 양파가 쇤네에게 가만히 이런 말을 했사옵니다.

34 내문內門: 안채로 통하는 문.

35 차면담: 집 안이 보이지 않도록 집 앞에 쌓은 담.

36 모화관慕華館: 조선 시대에 중국 사신을 맞이하던 곳. 1407년(태종 7) 서대문 밖 북서쪽, 지금의 서대문구 현저동에 건립되었다가 1894년 청일전쟁 이후 없어졌다.

'저기 서헌에 앉아 계시는 서방님은 진사님과 어떤 사이시냐?'

쇤네가 '고향 친구이신 이서방님이세요'라고 대답했더니 양파가 이렇게 말했사옵니다.

'진짜 양반이시더라! 지금 물 긷는 사내들에게 호령하시는 모습을 봤는데, 사대부의 기상이 아니고서야 어찌 그럴 수 있겠니? 연세는 어찌 되셔?'

쇤네가 '잘은 모르겠지만 마흔쯤 되실 거예요'라고 했더니, 양파는 '필시 문장이 빼어나시겠구나'라고 하더이다. 그래서 쇤네는 '그렇다고들 해요'라고 대답했사옵니다. 이러는 걸 봐서는 양소부가 서방님을 사모하는 마음이 서방님께서 양소부를 좋아하시는 마음보다 못하지 않을 것 같사옵니다."

달금은 나이 열넷에 다른 고을에서 왔는데, 남녀 간의 낌새를 잘 알아차렸다. 사선은 달금의 말을 듣고 웃으며 이생을 부추겼다.

"한번 당겨 보시는 게 좋겠습니다."

그러자 이생이 말했다.

"임자 있는 물건을 어찌 내 마음대로 움직일 수 있겠소?"

며칠 동안 이생은 양파에 미혹되어 마치 좋은 술을 마시고 자기도 모르게 몹시 취한 듯[37] 두 눈이 빙글빙글 돌며 마음을 진정

37 마치 좋은~취한 듯: 『삼국지』三國志 오서吳書 「주유전」周瑜傳의 배송지裵松之 주註에 "주유와의 사귐은 마치 좋은 술을 마시고 자기도 모르게 절로 취하는 것 같다"(若飮醇醪, 不覺自醉)라는 말이 보인다.

할 수 없었다. 때마침 양파가 우물가에서 물을 긷고 있었다. 이생은 몸이 근질근질하는 것을 참지 못하고 당장 양파를 불러 물 한 바가지를 떠 오라고 했다. 양파는 조금도 어려워하는 기색 없이 바가지 가득 맑은 물을 떠다가 마루 아래에 바쳤다. 이생은 상 위에 있던 연적을 내주며 물을 부으라고 했다. 양파가 연적을 받아 물을 채우려고 보니 연적 안에 물이 가득 들어 있었다.

"연적에 물이 떨어지지 않았는데, 왜 물을 부으라고 하십니까?"

"약방에 인삼이 떨어지지 않았지만 더 비축해 두는 건 훗날 쓸 일에 대비하기 위해서지. 낭자는 내가 아니니 어찌 내 마음을 알겠나?"

양파가 웃으며 떠났다. 이때 행랑채 여자들은 이 광경을 보고 이상하게 여기지 않았으니, 이생의 호령하는 모습이 퍽 엄숙해 보였기 때문이다.

그 뒤로 양파 역시 이생이 자신에게 정을 두었음을 알고는 기쁜 얼굴로 어여쁜 웃음을 머금고 이생을 우러러봤다.

이생이 한창 책을 베끼고 있는데 행랑에서는 이리 수군거렸다.

"양소부는 이틀 동안 솜을 탔지만 손바닥 하나만큼도 못 탔고, 이서방님은 아침 내내 책을 베꼈지만 책 한 장을 못 베끼셨네. 서로 바라보며 그리워할 뿐이니 무슨 일이 제대로 되겠나?"

하루는 양파가 문득 봉선화 한 가지를 꺾어 이생의 앞에 던지고 지나갔다. 양파는 당파와 한참 동안 이야기를 나눈 뒤 다시 서헌으로 돌아와 이생에게 말했다.

"조금 전의 꽃이 어떻던가요?"

이생은 벌써 그 꽃을 연적 주둥이에 꽂아 놓고 있었다.

"이 꽃이 아름답다면 아름답지만, 낭자의 아름다움만은 못하지."

"이 꽃이 아름답긴 하지만 애석한 점이 있기에 저 혼자만 볼 수 없어서 꽃을 꺾어 서방님께 던졌습니다. 서방님은 제가 이 꽃을 애석히 여기는 이유를 아시겠습니까?"

"내가 왜 모르겠나? 이 꽃은 순수하고도 빼어난 정기를 타고나 규방 가까이에 피어 미인의 사랑을 받지만 머잖아 가을바람에 떨어질 터이니 어찌 가련하지 않은가? 그 때문에 옛 시에서 '동산의 복사꽃 오얏꽃도 봄날 한때 피었다 지나니'라는 구절로 '창루娼樓의 아가씨여 찡그리지 마오'라는 구절의 짝을 삼았지.[38] 지금 나는 은 안장이나 화려한 수레처럼 성대한 물건[39]을 못 가졌네만, 낭자는 얼굴을 찡그리지 않았으면 하네."

38 동산의 복사꽃~짝을 삼았지: 당나라 왕발王勃의 시 「임고대」臨高臺 중 "창루의 아가씨여 찡그리지 마오/동산의 복사꽃 오얏꽃도 봄날 한때 피었다 지나니"(娼家少婦不須顰, 東園桃李片時春) 구절을 말한다. 덧없이 지나가는 젊음을 봄날 한때 피었다 지는 꽃에 비유한 구절이다.

39 은 안장이나~성대한 물건: 왕발의 「임고대」 중 "은 안장과 화려한 수레 성대하게 갖추고/아름다운 오늘밤 창루에 묵네"(銀鞍繡轂盛繁華, 可憐今夜宿娼家)에서 따온 말.

양파가 한숨을 쉬며 말했다.

"서방님께서는 제가 아니시니, 제가 꽃을 애석히 여기는 마음을 어찌 아시겠습니까?[40] 복사꽃과 오얏꽃이 아름다움을 뽐내고 버드나무가 푸른빛을 자랑하지만 가을이면 시드는 것이 천지의 이치이니, 무슨 애석해할 것이 있겠습니까? 이 꽃의 연홍빛 어여쁜 자태는 사람들의 사랑을 받을 만하니, 궁궐에 핀 꽃은 필시 왕족이나 귀족이 완상할 것이고, 서울의 부귀한 고을에 핀 꽃은 필시 높은 벼슬아치들이 즐길 것이며, 서민들의 마을에 핀 꽃은 필시 아이들과 목동의 손에 꺾이고 말 겁니다. 똑같이 어여쁘고 향기로운 꽃이지만 어떤 꽃은 귀인의 사랑을 받고 어떤 꽃은 시골 목동의 사랑을 받거늘, 그 까닭이 무엇이겠습니까? 태어난 곳이 다르기 때문 아니겠습니까? 저는 바로 이 때문에 이 꽃을 애석히 여겼습니다.

인생도 비슷하지요. 서울 가까이 사는 이들은 필시 과거에 올라 귀해지는 법이니, 어찌 그들의 재주와 덕이 더 뛰어나서겠습니까? 서울에서 먼 지방에 태어난 이들은 필시 빈천하고 오활한 법이니, 어찌 그들의 정성이 부족해서겠습니까? 여자도 그렇습니다. 사대부 집에 태어난 여자는 필시 품위 있는 숙인[41]이 될 것이요, 평민

40 서방님께서는 제가~어찌 아시겠습니까: 앞서 이생이 물이 가득한 연적에 물을 채우라고 한 이유를 설명하며 양파에게 "낭자는 내가 아니니 어찌 내 마음을 알겠나?"라고 했던 말을 흉내 낸 것이다.

41 숙인淑人: 조선 시대 정3품 당하관堂下官 및 종3품 벼슬아치의 아내에게 내린 작위爵位.

의 집에 태어난 여자는 가난한 집의 평범한 아내가 될 테니, 어찌 평민 여자의 용모와 덕이 사대부 집 여자만 못해서겠습니까? 처한 곳이 그렇게 만든 것이지요. 그런 까닭에 저는 이 아름다운 꽃을 보고서 서방님의 정성을 애석히 여겼고, 서방님의 정성을 애석해 하면서 저의 천한 처지를 한탄했습니다.

꽃도 애석해할 만하고, 서방님도 애석해할 만하며, 저 또한 애석해할 만합니다. 하지만 제 처지야 애석히 여길 것도 못 되니, 저는 서방님으로 하여금 서방님 자신의 처지를 애석히 여기도록 만들고 싶었습니다. 서방님께서 서방님 자신의 처지를 애석히 여기지 않으시면 어찌 제 처지를 함께 애석히 여겨 주시겠습니까? 이 때문에 꽃을 꺾어 바치며 제 마음을 하소연했던 것이지요. 봄볕 아래 피었던 꽃이 가을에 시드는 것은 예로부터 늘 있는 일이니, 무슨 한스러워할 것이 있겠습니까? 세상에 영원히 살 수 있는 사람이 어디 있답니까?"

말을 마치자 이생은 양파의 용모를 찬미하던 터에 양파의 말까지 아름답다 여기고는 저도 모르게 반색하며 존경 어린 마음으로 감복하여 말했다.

"낭자는 과연 여항[42]의 평범한 여자가 아니구려! 이 꽃을 매파 삼아 지금부터 나와 인연을 맺는 게 어떻겠소?"

42 여항閭巷: 서민들이 모여 사는 마을.

이때 당파가 헐레벌떡 뛰어 들어와 말했다.

"무슨 수작이 그리 깁니까?"

양파는 당파를 보고 갑자기 일어나 떠났다. 그러자 이생이 당파에게 말했다.

"무슨 훼방을 이리 심하게 놓나?"

당파가 말했다.

"저는 훼방꾼이 아니라 일이 이루어지게 만드는 사람입죠. 뭔가 원하시는 게 있습니까?"

"옛말에 '미인이 가까이 있으면 피하기 어렵다'고 했거늘, 지금 문 앞에 미인이 있으니 어찌 그냥 둘 수 있겠나?"

당파가 말했다.

"좀 전에 보니 양파의 기색이 과연 쌀쌀맞지 않더군요. 필시 서방님께 마음이 있는 모양입니다. 양파는 절세미인이라 방물장수 아낙들이 끊임없이 찾아온답니다. 감언이설로 꼬드기는 자가 부지기수요, 부잣집 젊은이들이 금과 비단을 산처럼 쌓아 놓고 맞으려 해도 일절 허락하지 않았답니다. 그렇건만 지금 서방님은 무슨 귀인의 상相을 가지셨기에 양파가 이처럼 스스로 인연을 맺으려 하는 걸까요? 참 괴상한 일입니다."

문득 주인 장진사가 손님들을 데리고 오자 당파가 떠났다.

그 뒤로 이생은 양파를 향한 마음이 더욱 간절해졌다. 양파의 말 하나하나를 가슴속에 새겨 생각하지 않으려고 해도 생각이 나고, 잊으려 해도 잊을 수 없었다.

하루 이틀이 지났다. 아침을 먹은 뒤 양파가 문득 서헌 가까이로 와서 꽃종이 한 장을 던지고 지나가더니 당파와 말을 주고받았다. 이생이 당장 꽃종이를 가져다 펴 보니 글씨는 칭찬할 게 못 되었다. 시 두 편이 적혀 있는데, 고시[43]의 풍격을 본뜬 것이었다.

소년은 신의를 중히 여겨

협객俠客을 벗으로 사귀었네.

허리에는 녹로검[44] 차고

비단 도포에는 한 쌍의 기린 수놓았네.

아침에 명광궁[45]을 떠나

장락판[46]으로 말을 달리네.

위성주[47]를 사서 마시니

43 고시古詩: 당나라 때 확립된 근체시近體詩의 엄격한 규율을 따르지 않는 시. 절구絶句나 율시律詩처럼 일정한 글자 수로 제한된 구절의 시를 지을 필요도 없고, 평성平聲과 측성仄聲의 배치를 비롯한 온갖 까다로운 규칙에도 구애되지 않는다.

44 녹로검轆轤劍: 전국시대 진秦나라 역대 왕이 지녔던 보검. 칼자루 끝에 옥으로 녹로轆轤(도르래) 모양의 장식을 새겼다.

45 명광궁明光宮: 한나라 무제武帝 때 장안長安의 미앙궁未央宮 서쪽에 세운 궁궐 이름. 금과 옥으로 만든 화려한 주렴을 달고, 연燕·조趙 지역의 미녀 2천 명을 두었다고 한다.

46 장락판長樂坂: 장락파長樂坡. 미앙궁 동쪽의 장락궁長樂宮 앞에 있는 언덕 이름.

꽃 사이로 해가 저물려 하네.
창루娼樓에 묶어
재미있게 놀며 길이 머무네.
누가 가련타 여기리, 양자운[48]이
문 닫고 『태현경』[49] 저술한 일을.[50]

그다음 시는 다음과 같다.

바위 위의 오동나무
깊은 세월 뿌리 내렸네.
옥도끼로 찍어 내
칠현금七絃琴을 만들었네.
새로 만든 금琴을 타지만
온 세상에 지음知音이 없네.

47 위성주渭城酒: 진秦나라의 수도였던 함양咸陽에서 나는 술. '위성'은 한나라 무제 때 함양을 달리 부른 말.

48 양자운揚子雲: 양웅揚雄을 말한다. '자운'은 그의 자字이다.

49 『태현경』太玄經: 양웅이 『역경』易經을 본떠 저술한 책. 양웅은 자신이 저술한 책을 이해할 만한 사람이 당세에 없다고 여겨 후대에 자신의 뜻을 알아줄 또 다른 양웅을 기다린다고 말한 바 있다.

50 소년은 신의를~저술한 일을: 허난설헌許蘭雪軒(1563~1589)의 오언 고시五言古詩 「소년행」少年行을 그대로 옮긴 것이다.

그래서 「광릉산」[51]도
천고에 끊어졌네.[52]

모년 모월 모일
박명한 첩 초옥楚玉 올림

이생은 시를 다 읽고 깜짝 놀랐다.

'진짜 양파가 지은 것일까? 혹시 다른 사람의 시가 아닐까? 옛 시를 두루 떠올려 봐도 이런 풍격의 시는 처음 본다. 용모와 자태가 아름답고 언변이 뛰어난 건 알았지만 이토록 절세의 포부를 지닌 줄 내 어찌 알았겠나? 옛날 채문희[53]와 탁문군이 규방 여성으로서 문장을 이루었고, 설도와 홍선[54]은 기녀로서 기예에 능했으

51 「광릉산」廣陵散: 위진魏晉 시대의 문인 혜강嵇康이 잘 연주한 것으로 유명한 거문고 곡조 이름. 혜강은 죽림칠현竹林七賢의 한 사람이다. 혜강이 모함을 받아 처형 당하는 순간 "이제 「광릉산」이 끊어졌구나!"라고 말했다는 일화가 전한다.
52 바위 위의~천고千古에 끊어졌네: 허난설헌의 시 「견흥」遣興 8수 중 제1수를 일부 고쳐 옮겼다. 앞의 네 줄은 고쳤고, 뒤의 네 줄은 그대로 가져왔다.
53 채문희蔡文姬: 채염蔡琰을 말한다. '문희'는 그의 자字이다. 후한後漢의 문인 채옹蔡邕의 딸로, 문학·음악·서예에 두루 뛰어났다.
54 설도薛濤와 홍선紅線: '설도'는 당나라 때의 명기名妓로, 시와 음률에 뛰어났다. '홍선'은 당나라의 호협전기豪俠傳奇 「홍선전」紅線傳의 주인공이다. 여성 협객인 홍선은 자신의 주군 설숭薛嵩이 강성한 이웃 번진藩鎭의 위협으로 전전긍긍하자 적진 한가운데로 뛰어들어 삼엄한 경비를 뚫고 번진의 우두머리인 전승사田承嗣의 침실에 잠입하여 그 머리맡에 놓인 금합金盒을 몰래 가져왔다. 이 일로 전승사는 신

나, 일개 행랑 사람의 아내 중에 이런 사람이 있을지 어찌 기대했겠나? 존경할 수는 있어도 친압할 수는 없고, 사귈 수는 있어도 함부로 대할 수는 없는 사람이구나!

앞의 시는 풍류와 번화에 뜻을 두지 말고 높은 뜻을 품어 학문에 정진하라는 의미를 담았고, 뒤의 시는 양파 자신이 세상에 버림받은 처지로서 원대한 포부를 지녔지만 지음知音으로 삼을 현명한 선비가 없음을 말한 것이군. 가만히 그 묘한 뜻을 보니, 옛날 어떤 부자 노인이 동쪽 이웃의 젊은이가 자신의 처지를 편안해하나 외출할 때 수레가 없고 밥상에 생선 반찬이 없는 것을 탄식한 일[55]과 같다. 시의 음조音調가 결코 요즘 사람들이 구사할 수 있는 경지가

변의 위협을 느끼고 설숭에게 화친을 요구했다.

55 옛날 어떤~탄식한 일: 당나라 시인 고적高適의 「행로난」行路難 중 다음 구절에서 따온 말. "그대는 보지 못했는가 부자 노인을/(…)/하루아침에 부자가 되어 부호와 사귀더니/(…)/이웃의 근심 고초 비웃었네/(…)/동쪽 이웃의 젊은이는 자신의 처지를 편안해하나/가난한 집에 수레도 없네/재주가 있어도 고관에게 벼슬 구하는 일 배우려 들지 않으니/무엇하러 해마다 부질없이 책을 읽는지?"(君不見富家翁, … 一朝金多結豪貴, … 却笑傍人獨愁苦. … 東鄰少年安所如, 席門窮巷出無車. 有才不肯學干謁, 何用年年空讀書?) '외출할 때 수레가 없고 밥상에 생선 반찬이 없다'는 것은 본래 『사기』史記 「맹상군 열전」孟嘗君列傳에서 맹상군의 식객 풍환馮驩이 자신의 능력이 과소평가되어 마땅한 대우를 받지 못함을 한탄하며 했던 말이다. 한편 고적의 시에서 부자 노인은 벼락부자가 된 뒤 권세가와 결탁하여 세력을 키운 인물로서, 출세를 위한 청탁 같은 것은 하지 않고 오직 공부에만 전념하는 이웃 젊은이를 어리석다 여겼다. 그러므로 이생이 양파의 시에서 젊은이의 가난에 대한 부자 노인의 탄식을 읽은 것은 사리에 맞지 않다.

아니니, 아마도 고시古詩에 있는 구절을 따와서 우리 두 사람이 세상에 뜻을 얻지 못한 일을 견준 듯하다. 하지만 비록 양파의 창작이 아니라 할지라도 남의 구절을 따온 재주가 이처럼 밝고 곡진하니 창작이나 다름없다. 어찌 사표師表로 삼지 않을 수 있겠나?'

이생은 내심 기뻐하며 자부심을 가졌다.

'나를 사랑하는 마음이 지극히 깊지 않고서야 어찌 이처럼 정이 두터울 수 있겠나!'

연신 되풀이해서 읽고는 남들이 알까 싶어 상자 속에 시를 깊이 간직해 두었다. 이생은 화답시를 짓고 싶은 마음이 간절했으나 자신의 시재詩才가 만분지일에도 부응하지 못할 것 같아 시를 쓰지 못했다. 그리하여 심부름꾼을 보내 옥가락지 한 쌍, 청심환[56] 다섯 개, 소합원[57] 열 개를 사 오게 한 뒤 중국산 종이로 포장해서 당파로 하여금 양파에게 주며 이런 말을 전하게 했다.

"감히 시에 화답할 만한 재주가 없어서 약소한 물건 몇 가지를 보내 정을 표하니, 잠시 더위를 씻는 데 도움이 되었으면 하오."

당파는 사람이 없는 틈을 타서 이생의 말대로 양파에게 물건을 전했다. 양파는 선물을 받아 간직했다.

이틀 사흘이 지났다. 양파가 또 서헌 가까이 와서 꽃종이 한 장을 던졌다. 이생이 불러서 이야기를 나누려 했으나 양파는 돌아보

56 청심환淸心丸: 심장의 열을 풀어 주고 마음을 안정시키는 효능이 있다는 환약.
57 소합원蘇合元: 소합환蘇合丸. 위장병에 처방하는 환약.

지도 않고 얼른 가 버렸다. 종이를 펴 보니 또 시 두 편이 적혀 있었다.

그대는 제가 유부녀인지 알면서도
옥가락지 한 쌍을 주셨어요.
그대의 간절한 마음에 감동해
손가락에 반지를 꼈어요.
저희 집 높은 다락은 시장으로 이어지고
남편은 작은 가게에서 콩을 팔아요.
해와 달 같은 그대의 정성 잘 알지만
남편과 생사를 함께하기로 맹세한 몸입니다.
옥가락지 만지며 두 줄기 눈물 흘리나니
왜 시집가기 전 만나지 못했을까요?[58]

반지를 돌려드리자니
제가 박정하다 여길까 싶어요.
정이 엷어서가 아니라
시비가 일어날까 걱정해서랍니다.
돌려드리지 않았다고 해서

58 그대는 제가~만나지 못했을까요: 당나라 장적張籍의 시 「절부음」節婦吟을 일부 고쳐 썼다.

가약을 맺었다고 생각진 마셔요.
가약을 맺는 거야 어려운 일 아니지만
글공부 그르칠까 두렵습니다.
제 생각은 마시고
부지런히 힘써서 공명을 이루셔요.
그대 위해 길이 축원하노니
훗날의 즐거움을 생각하셔요.
공명을 이루신 뒤엔
소처[59]의 부탁을 저버리지 마셔요.

이생은 어깨를 곧추 세운 채 다 읽고 나서 앞의 시를 풀이해 보았다. 혼인한 몸이라 감히 다른 남자에게 허튼 마음을 품을 수 없는 처지지만 남편이 무식한 장사치라서 마음에 맞지 않으므로 마지막 구절에서 "왜 시집가기 전 만나지 못했을까요?"라고 한 것이었다. 뒤의 시는 이생의 마음이 정성스럽기는 하나 양파 자신의 마음을 알지 못하는 것을 탄식하며 반드시 학업에 힘써서 훗날의 기약을 이루자는 뜻이었다. 하지만 "소처의 부탁"은 무슨 뜻인지 알 수 없었다. 만나서 물어보고 싶었지만 양파는 가까이 있어도 멀리 있는 사람이니 만나서 이야기할 방도가 없었다. 이생은 한참 주저

59 소처蘇妻: 전국시대 때 합종책合縱策을 주장해 진秦나라를 제외한 여섯 나라의 통합 재상이 되었던 소진蘇秦의 아내.

하다가 당파를 불러 말했다.

"양파가 보낸 시를 보니 재주가 옛사람 못지않더군. 양파에게 배우고 싶은 게 있는데 만날 길이 없네. 당파가 이런 뜻을 전해 줬으면 하네. 다른 마음이 있는 게 아니라 시 때문에 만나 보고 싶어 한다고."

당파가 그 말대로 양파에게 가서 말을 전하고는 그날 밤 파루[60] 후에 당파의 방에서 만나기로 약속을 잡았다. 이생은 기쁨을 이기지 못했다. 처마에 걸린 해가 오래도록 저물지 않고 밤 시각을 알리는 물시계가 더디게 가는 것을 한탄할 따름이었다.

이날 밤은 어떤 밤인가? 음력 7월 보름 이틀 전이었다. 이때 장진사는 고향에 내려가 있었고 이생은 장진사 편에 집으로 편지를 부친 터였다. 이생은 생각했다.

'내 집에 젊은 아내가 있거늘 다른 여자와 바람을 피운다면 천지신명이 나를 미워할 테니, 장차 어찌할꼬? 오늘밤 만나서는 절대 속마음을 털어놓지 말고 우선 다른 일만 말해서 양파의 태도를 살펴야겠다.'

이날 밤은 달이 밝고 바람이 맑았다. 찬 이슬이 내리고 벌레가 괴로이 우니 고향 생각이 간절해지며 서글픈 마음을 견딜 수 없었다. 어느덧 5경(새벽 4시 무렵)이 되어 새벽종이 은은히 울리며 서산

60 파루罷漏: 5경 3점點에 통행금지를 해제하기 위해 종각의 종을 서른세 번 치던 일.

에 달이 지려 했다. 행랑 사내들이 잠 깨어 일어나더니 저마다 지게를 지고 물건을 사러 강으로 나갔다.[61] 그중에 양파의 남편도 있었다.

이윽고 잠깐 사방이 고요하더니 멀리서 닭 울음소리가 들려왔다. 문득 행랑에서 서헌으로 오는 발소리가 들렸다. 잠시 후 당파가 불쑥 이생의 방으로 들어왔다. 이생은 몸을 뒤척이며 잠을 이루지 못하고 있었지만 깊이 잠든 척하고 있다가 당파가 두어 번 억지로 깨운 뒤에야 비로소 몸을 일으켜 당파를 따라가니 자리에 양파가 앉아 있었다. 이생은 곧장 방 안으로 들어가 양파의 손을 잡고 바짝 다가앉으며 말했다.

"며칠 애쓴 끝에야 겨우 얼굴을 한 번 보는구려!"

양파가 말했다.

"저 같은 신세에 만남이 빠르고 늦고가 뭔 상관이겠습니까?"

이생은 양파를 데리고 서헌으로 와서 말했다.

"칠석이 지났는데도 이렇게 만났으니 견우와 직녀를 비웃어도 되겠소."

양파가 말했다.

"견우와 직녀는 천추만고 오랜 세월이 지나도 다시 만날 약속이 있지요. 하지만 우리는 한 번 헤어지고 나면 다시 만날 기약이 있

61 행랑 사내들이~강으로 나갔다: 뒤에 땔나무를 사러 강으로 나갔다는 말이 나오는 것으로 미루어 행랑 사내들은 대개 땔나무 장사를 한 듯하다.

습니까?"

"견우와 직녀의 만남은 참으로 그렇소만, 우리가 오늘도 내일도 견우와 직녀가 했던 훗날의 기약을 다한다면 좋지 않겠소? 그건 그렇고, 낭자는 언제 이런 문장 실력을 이루었소?"

양파가 말했다.

"저는 어린 시절에 남령위 댁 별가[62]를 모셨습니다. 별가는 여중시인女中詩人이었는데, 제가 재주 있다 여겨 부지런히 글을 가르쳤습니다. 그래서 『통감』[63]과 『사략』[64]은 물론 『시경』·『효경』孝經·『고문진보』[65]에 이르기까지 읽지 않은 책이 없었고, 고시古詩도 종종 공부해서 우리나라의 『난설헌집』[66]은 지금도 입에 익답니다. 제 소원은 문장가 한 분을 만나 밤낮으로 담론하며 일생을 보내는 것이었습니다. 하지만 일이 크게 어그러져 그리 되지 못했으니, 비단을

62 별가別駕: 승정원承政院의 아전을 이르는 말인데, 여기서는 부마궁駙馬宮의 소실을 가리키는 것으로 보인다.

63 『통감』通鑑: 『통감절요』通鑑節要를 말한다. 송나라 신종神宗 때 사마광司馬光이 편찬한 294권의 중국 역사서 『자치통감』資治通鑑을 송나라 휘종徽宗 때 강지江贄가 50권으로 간추려 엮은 책이다.

64 『사략』史略: 『십팔사략』十八史略. 원나라 때 증선지曾先之가 『사기』로부터 『송사』宋史에 이르는 중국 역대의 역사서 18종을 간추려 엮은 책이다.

65 『고문진보』古文眞寶: 중국 역대의 유명한 시문詩文을 모은 책. 한문 문장 학습용으로 우리나라 선비들에게 널리 읽혔다.

66 『난설헌집』蘭雪軒集: 선조 때의 문인 허난설헌의 시문집. 난설헌 사후에 동생 허균許筠이 남은 작품을 수습하여 명나라에서 출간했다.

고르려다 삼베를 만난 것처럼 이렇게 영락한 신세가 되고 말았지요. 그러던 중에 다행히도 서방님을 만나 그동안 온축蘊蓄해 온 것을 다 쏟아 내고자 보잘것없는 글을 보여드렸던 겁니다. 서방님께서 저를 천하게 여기지 않으시고 마음을 허락하시기에 감격을 이기지 못하고 이 자리에 나왔습니다."

"내 배움이 얕지 않은데 '소처蘇妻의 부탁'이 무슨 말인지 모르겠더군."

"「소진전」[67]을 읽지 않으셨습니까?"

"오래 전에 읽었지만 그런 말은 못 본 듯하오."

"그건요 '아내가 베틀에서 내려오지 않았다'[68]는 구절을 두고 한 말입니다. 소진의 아내는 남편을 지성으로 섬겨야 한다는 걸 모르지 않았을 겁니다. 그러나 헤어진 지 몇 년 만에 남편을 만났음에도 베틀에서 내려오지 않는 모욕을 주었으니, 소진이 어찌 서글퍼하며 부끄러워하지 않았겠습니까? 이 때문에 소진은 발분해서 글을 읽고 결국 여섯 나라를 아우르는 재상이 되었으니, 그 아내가 그렇게 만든 게 아니겠습니까? 저 또한 서방님께 이런 뜻을 부쳐 서방님을 향한 제 정성을 알리고 싶었습니다. 서방님께서는 공

67 「소진전」蘇秦傳: 『사기』「소진 열전」蘇秦列傳을 말한다.

68 아내가 베틀에서 내려오지 않았다: 소진이 전국을 돌아다니며 유세하다가 곤궁해져 몇 년 만에 집으로 돌아왔으나 소진의 아내가 베 짜는 일을 멈추지 않은 채 남편을 냉대했던 일을 말한다. 소진은 가족의 비웃음에 절치부심하여 훗날 여섯 나라의 통합 재상이 되었다.

을 이룬 뒤에 모쪼록 오늘을 잊지 말아 주세요."

새벽이 되어 동쪽 하늘이 밝아 오자 마침내 양파가 자리에서 일어나 떠났다. 이생은 잠자리에 들며 생각했다.

'오늘밤 마주한 자리에서 좋은 관계를 맺었어야 했는데 헛되이 보내고 말았으니, 내가 졸렬한 탓이다. 낭자가 언짢은 마음을 품지 않았을까?'

이생이 느지막이 일어나 머리 빗고 세수를 하는데 문득 당파가 와서 편지 한 통을 전했다. 양파의 글씨였다. 봉투를 뜯어보니 편지는 다음과 같았다.

> 『시경』에서 "순무를 캐고 무를 캠은/뿌리 때문만이 아니라네"[69]라고 했는데, 이는 참으로 서방님을 두고 한 말입니다. 못난 제가 천금 같은 몸을 가벼이 여기고 마침내 서방님의 청을 허락하여 한밤중에 남몰래 손잡고 마주앉았습니다. 제 행동은 이미 '옥에 티'라 할 만하니, 어찌 기와가 온전하고[70] 꽃이 깨끗하기를 바랄 수 있겠습니까? 옛날 초패왕 항우는 5년 동안 여후의 장막을 엿보지 않았

69 순무를 캐고~때문만이 아니라네: 『시경』 패풍邶風 「곡풍」谷風의 한 구절. 순무나 무의 뿌리가 맛이 없다고 해서 그 잎까지 버리지 않듯이 아내가 나이 들어 용모가 시들었다 해서 그 미덕을 잊고 딴 여자에게 장가가서는 안 된다는 뜻.

70 기와가 온전하고: 구차하게 살아남음을 비유하는 말.

고,[71] 관운장은 두 형수의 뜰에서 새벽까지 불을 밝혔으니,[72] 이처럼 늠름한 절개는 예로부터 없었거늘, 오늘 서방님에게서 그처럼 큰 절개를 다시 보게 될지 어찌 알았겠습니까? 색계[73]에는 본래 영웅이나 열사가 없다는 이야기가 허튼 말이라는 것을 진실로 알게 되었습니다. 거백옥은 어두운 곳에서도 어긋난 행실을 하지 않았고,[74] 자하子夏는 어진 이를 어질게 여기기를 여색을 좋아하듯 했습니다.[75] 지금 서방님께서는 저의 용모를 사랑한 것이 아니라 저의 어진 마음을 사랑한 것임을 이로써 미루어 알 수 있습니다. 제가 무슨 복이 있기에 거백옥과 자하를 닮은 군자를 지금 세상에서 만날 수 있었을까요?

진정으로 제가 바라는 것은 서방님과 교유하는 것입니다.

71 초패왕楚伯王 항우項羽는~엿보지 않았고: 한나라 고조高祖 유방의 아내 여후呂后가 초나라 항우의 군대에 포로로 잡혀 억류되어 있을 때 항우가 예우를 갖추어 여후를 대한 고사를 말한다.

72 관운장關雲長은 두~불을 밝혔으니: 관운장, 곧 관우關羽가 유비劉備의 가족과 함께 조조曹操의 포로가 되었을 때 유비의 두 아내인 미부인糜夫人과 감부인甘夫人을 철저히 보호했던 고사를 말한다.

73 색계色界: 여색의 세계.

74 거백옥蘧伯玉은 어두운~하지 않았고: 위령공衛靈公의 부인이 거백옥을 칭찬한 말로, 유향劉向의 『열녀전』列女傳에 보인다. 거백옥은 춘추시대 위衛나라의 대부로, 『논어』論語에서 공자孔子가 군자로 칭송한 인물이다.

75 어진 이를~좋아하듯 했습니다: 『논어』 「학이」學而에서 공자의 제자 자하子夏가 한 말.

그런 뒤에야 하늘과 땅에 부끄러움이 없고, 천지신명에 부끄러움이 없으며, 고금의 역사 앞에 부끄러움이 없을 것입니다. 천 길 높은 하늘을 나는 봉황은 아무리 굶주려도 곡식을 쪼아 먹지 않는 법이지요. 이것이 장부의 기개이니, 서방님이야말로 진정한 대장부가 아니겠습니까?

편지를 다 읽고 이생은 마음이 움츠러들었다.

'간밤에 내가 과연 용렬했구나! 편지 내용이 이처럼 준엄하니 훗날 양랑[76]의 뜻에 부응하기가 필시 어렵겠다.'

그날 밤 양파가 또 서헌에 와서 이생과 한참 동안 담소를 나누고 떠났다.

사흘째 밤 4경(새벽 2시 무렵)에 양파가 또 와서 이생과 함께 난간에 기대앉았는데, 그 미모와 말씨가 더욱 애타게 했다. 미색은 꽃 아래에서 보는 것이 달빛 아래에서 보는 것만 못하고 달빛 아래에서 보는 것이 등불 아래에서 보는 것만 못한 법인데, 지금 등불 앞에 마주 앉고 보니 마음이 아리고 애간장이 끊어지는 듯했다. 이생이 말했다.

"우리 두 사람이 밤마다 만나는 것은 천태산에서 노닐던 일[77]과

76 양랑楊娘: 양씨 낭자, 곧 양파.

77 천태산天台山에서 노닐던 일: 후한後漢 때 사람인 유신劉晨과 완조阮肇가 천태산에 약초를 캐러 들어갔다가 두 여인을 만나 즐겁게 지내다 집에 돌아오니 그동안

같고 이교에서의 정성스런 마음[78]과 같으니 고금에 드물다 할 것이오. 금대에서 사마상여가 연주한 거문고 곡조[79]가 헛되고, 가오賈午의 기이한 향 내음이 한수韓壽의 소매에서 났던 일[80]이 부질없다는 것은 비록 사리로 보면 그렇다 할지라도 정을 억누른다는 것은 실로 쉬운 일이 아니오. 내가 처음에는 미친 나비의 마음으로 이름난 꽃의 향기를 탐했더라오. 이제 다행히 낭자와 만나게 되었지만 낭자의 편지가 준엄해서 감히 입을 열 수가 없으니, 마치 난새 한 쌍이 사귀는 꼴이구려. 사람은 목석이 아니니 이 정을 어찌하면 좋겠소? 『시경』에 이런 구절이 있지 않소?

내 마음 돌이 아니니
굴릴 수 없네.

세월이 흘러 자손이 7대째나 내려갔더라는 고사를 말한다.

78 이교圯橋에서의 정성스런 마음: '이교'는 강소성江蘇省 서주徐州에 있는 다리 이름으로, 한나라의 개국공신 장량張良이 젊은 시절에 황석공黃石公을 만난 곳. 황석공은 일부러 신발을 떨어뜨려 장량에게 주워 신기게 하고, 닷새 뒤 다시 만날 것을 약속한 뒤에 일부러 일찍 나와 늦게 온 장량을 질책하는 등 몇 차례나 장량을 시험해 보았는데, 장량은 그때마다 정성을 다해서 결국 『태공병법』太公兵法을 전수받았다.

79 금대琴臺에서 사마상여司馬相如가~거문고 곡조: '금대'는 중국 사천성四川省 성도成都에 있는 대臺 이름으로, 한나라 사마상여가 이곳에서 거문고를 탔다. 사마상여는 과부가 되어 친정에 머물던 탁문군을 거문고 연주로 유혹해 함께 달아났다.

80 가오賈午의 기이한~났던 일: 진晉나라의 고관인 가충賈充의 딸 가오가 부친에게 선물 받은 외국산의 고급 향香을 한수에게 주고 그와 사통했는데, 훗날 한수의 옷에서 나는 향기 때문에 두 사람의 관계가 발각되었던 고사를 말한다.

내 마음 멍석이 아니니
둘둘 말 수도 없네.[81]

낭자가 분명히 말해 주오. 내 마음을 굴려야 하겠소? 둘둘 말아야 하겠소?"

양파가 말했다.

"정말 그래요. 서로 알아주는 것을 귀하게 여긴다면 서로 마음을 속여서는 안 되지요. 이는 하늘의 마땅한 이치요, 인지상정이기도 합니다. 남녀 간에 참기 어려운 일이 있으나, 냉수를 마신 사람은 시원하긴 해도 맛을 알 수 없고, 꿈에서 밥을 먹은 사람은 아무리 많이 먹어도 배부르지 않으니, 여기에 무슨 서로를 귀하게 여기는 이치가 있겠습니까?

지금 서방님은 두목[82]의 풍채도 없고 손책[83]처럼 젊지도 않으며, 왕탄지와 사안[84]처럼 귀하지도 않고 범려와 석숭[85]처럼 부유하지도

81 내 마음~말 수도 없네: 『시경』 패풍 「백주」柏舟의 한 구절.

82 두목杜牧: 당나라의 시인으로, 미남자였다. 술에 취해 수레를 타고 거리를 지나가면 기녀들이 그 풍채를 흠모하여 던진 귤로 수레가 가득 찼다는 고사가 전한다.

83 손책孫策: 삼국시대 오吳나라의 군주. 부친 손견孫堅 사후에 그 지위를 이어받았으나 26세의 젊은 나이에 전사했다.

84 왕탄지王坦之와 사안謝安: 동진東晉의 명문가 사람들로, 술과 풍류, 청담淸談을 즐겼다.

85 범려范蠡와 석숭石崇: '범려'는 춘추시대 월왕越王 구천을 도와 오나라를 멸망시킨 뒤 벼슬을 버리고 큰 부자가 되었다. '석숭'은 동진의 부호로, 자신의 별장인 금

않습니다. 그럼에도 불구하고 제가 이렇게 행동하는 것은 음행을 탐하고 재물을 좋아해서가 아닙니다. 서방님 역시 주색을 일삼는 방탕한 무리가 아니니, 무슨 혐의할 일이 있겠습니까?

서방님께서는 마음이 하고자 하는 것을 가슴속에 막아 두지 마시기 바랍니다. 정이 있는데 토로하지 못하면 반드시 병이 나고, 병이 나면 애당초 서로 몰랐던 것만 못합니다. 그림자를 그리워하거나 그림 속의 사람을 사랑할 수는 없는 일이지요. 저는 서방님을 위해 죽음도 피하지 않겠거늘 어찌 한 잔 술을 사양하겠습니까?[86] 탁문군이 북당에서 달아날 때[87] 어찌 자기 몸을 깨끗이 하고자 하는 마음이 있었겠습니까? 다만 '「관저」는 즐겁되 음란하지 않고 슬프되 마음을 상하게 하지는 않는다'[88]라고 했으니 반드시 이 말로 권면하면 괜찮을 듯합니다."

마침내 함께 잠자리에 들어 곡진한 정을 다하니, 참으로 "달이 지고 별이 희미해져 5경을 알리는 종소리 울리고/봄바람이 창 앞

곡원金谷園에 사람들을 초대해 시와 술을 즐겼다.

86 죽음도 피하지~술을 사양하겠습니까: 항우가 유방을 홍문鴻門으로 불러 잔치할 때 항우의 모사謀士 범증范增이 유방을 살해하고자 했는데, 유방의 막하에 있던 번쾌樊噲가 음모를 눈치 채고 뛰어 들어가서 항우가 주는 술잔을 받고 한 말.

87 탁문군이 북당北堂에서 달아날 때: 탁문군이 사마상여의 거문고 연주에 유혹되어 한밤중에 집을 빠져나와 사마상여의 처소로 가 부부의 연을 맺은 고사를 말한다. '북당'은 여성의 거처.

88 「관저」關雎는 즐겁되~하지는 않는다: 『논어』 「팔일」八佾에 나오는 공자의 말. 「관저」는 『시경』의 맨 처음에 나오는 시로, 군자와 숙녀의 화락한 만남을 노래했다.

의 버드나무를 흔드네"[89]라는 데 해당했다. 정신을 집중하니 조화가 더욱 빛을 발하여[90] 비단 위에 꽃을 더한 듯, 옻에 아교를 바른 듯, 푸른 물에 노니는 원앙새 한 쌍인 듯, 붉은 하늘을 나는 공작새와 비취새인 듯했다. 방문자[91]가 오호궁[92]을 당기고 수정후[93]가 적토마赤兔馬를 달린다는 비유로도 이 마음을 표현하기 어려웠다. 옛날 황금으로 만든 집에 살던 아교[94]인 듯, 장막에서 혼을 불러낸 이부인[95]인 듯, 지생전[96]에서 바람 앞에 구성지게 노래하던 여연[97]이 아

89 달이 지고~버드나무를 흔드네: 당나라 양거원楊巨源의 「대제곡」大堤曲에 보이는 말이다. '5경을 알리는 종소리'는 파루 소리, 곧 5경 3점에 통행금지를 해제하는 종소리.

90 정신을 집중하니~빛을 발하여: 한나라 왕포王褒의 「성주득현신송」聖主得賢臣頌에서 따온 말.

91 방문자逄門子: 하夏나라 때 활의 명수였던 방몽逄蒙을 말한다.

92 오호궁烏號弓: 황제黃帝의 신하가 쏘았다는 좋은 활의 이름.

93 수정후壽亭侯: 삼국시대 촉蜀나라 관우關羽의 봉호封號.

94 아교阿嬌: 한나라 무제武帝의 부인인 진황후陳皇后의 이름. 무제가 제위에 오르기 전, 경제景帝의 누이가 자신의 딸인 아교를 무제의 배필로 천거하자 무제는 아교를 맞이해 황금으로 만든 집에 살게 하겠다고 말했다는 고사가 전한다.

95 이부인李夫人: 한나라 무제의 후궁. 무제는 사랑하던 이부인이 젊은 나이에 죽자 방사方士로 하여금 이부인의 혼령을 불러내게 했는데, 당시 이부인의 모습이 장막 너머에 어른거렸다는 고사가 전한다.

96 지생전芝生殿: 한나라 궁궐의 전각殿閣 이름.

97 여연麗娟: 한나라 무제의 총애를 받았던 궁녀. 그녀가 지생전에서 「회풍곡」回風曲을 부르자 정원의 꽃이 모두 휘날려 떨어졌다는 고사가 『동명기』洞冥記에 실려 있다.

니면 손바닥 위에서 날렵하게 춤추던 소양전[98]의 조비연[99]인 듯했다. 꽃 같기도 하고 달 같기도 해서 꿈인지 생시인지 모르는 채 너무도 짧은 봄밤이 한스럽고 아침을 알리는 닭 울음소리가 미울 뿐이었다. 아아, 즐거움이 극치에 이르면 안 되나니, 즐거움이 극치에 이르면 슬픔이 생겨난다. 욕망을 끝까지 좇아서는 안 되나니, 욕망을 끝까지 좇으면 재앙이 생겨난다.

양파가 손을 씻은 물에서는 향기가 나고 뺨에 묻은 물방울은 옥구슬 같아 더욱 사랑스러웠다. 양파가 옷을 갖춰 입고 앉아 말했다.

"어젯밤의 만남은 서방님이 먼저 청하셨고 오늘밤의 잠자리는 제가 먼저 청했으니 천생연분이 이루어진 게 아니겠습니까?"

이생이 말했다.

"오늘이 7월 16일이니 내가 소동파[100]보다 낫구려."

"무슨 말씀이세요?"

"소동파는 16일 밤에 적벽赤壁에서 노닐다가 부賦를 지어 '어딘가의 미인을 바라보네'[101]라고 하지 않았소. 지금 나는 동녘이 밝은

98 소양전昭陽殿: 한나라 성제成帝 때 조비연이 거처하던 궁전.

99 조비연趙飛燕: 한나라 성제의 비妃. 궁녀 출신으로 성제의 총애를 받아 황후가 되었다. 가무에 능했는데, 몸이 매우 가냘파 손바닥 위에서 춤출 수 있었다고 한다.

100 소동파蘇東坡: 송나라의 문장가로 당송팔대가唐宋八大家의 한 사람인 소식蘇軾을 말한다. '동파'東坡는 그 호.

101 어딘가의 미인을 바라보네: 소동파가 황주黃州(지금의 호북성 황주시) 유배 중

이 아침에 낭자와 함께 노닐고 있으니 내가 더 낫지 않소?"[102]

양파가 웃으며 일어나 행랑의 자기 방으로 돌아갔다.

정오에 사선이 와서 앉아 있었다. 양파가 서헌 가까이 와서 이생을 위해 지은 고운 버선 한 켤레를 던졌다. 사선이 웃으며 말했다.

"일이 벌써 잘 됐구먼."

양파가 말했다.

"열 번 찍어 안 넘어가는 나무가 있겠습니까?"

이생과 양파는 밤마다 만나기를 그치지 않았다.

며칠이 지났다. 과거 볼 날이 멀지 않았는데, 이강동李江東·민참봉閔叅奉·송참판宋叅判·남서산南瑞山·김황주金黃州[103] 집의 자제들이 이생을 찾아와 말했다.

"지금 지방의 글 잘하는 이 네댓이 올라와서 저희들 집에 묵고 있습니다. 저희와 함께 산사로 가서 이 사람들의 글을 보시는 게 어떻겠습니까?"

이생이 말했다.

에 적벽에서 뱃놀이를 하고 지은 「적벽부」赤壁賦의 한 구절이다.

102 지금 나는~낫지 않소: 「적벽부」의 작품 배경 역시 7월 16일인데, 미인을 바라보기만 한 소동파에 비해 같은 날 양파와 함께 있는 자신이 소동파보다 더 큰 즐거움을 누리고 있다는 뜻이다.

103 이강동李江東~김황주金黃州: '강동'·'서산'·'황주'는 모두 지명이니, 그곳의 지방관을 지냈기에 이리 불렀다. 즉 강동 현감을 했기에 '이강동'이라 했고, 서산 군수를 했기에 '남서산'이라 한 것이다.

"좋소만 내가 가서 무얼 하겠소?"

선비들이 말했다.

"저희들이 과거 문장에 익숙지 못하니 형을 모시고 가서 그 사람들의 실력이 어떤지 보고 싶습니다. 또 형은 객지에서 재미있는 일도 없지 않으십니까? 저희들이 함께 가서 울적한 마음을 풀어 드리고 싶군요. 초楚나라를 위해서지 조趙나라를 위한 일이 아니거늘,[104] 형께선 무슨 재미난 일이 있기에 함께 가려 하지 않으십니까?"

사선이 양파를 가리키며 말했다.

"저기에 재미를 붙이셨지."

선비들이 양파를 바라보고 감탄하며 말했다.

"정말 접해 보고 싶은 향기로군요. 하지만 이형李兄께는 과분한 듯싶습니다."

사선이 말했다.

"저쪽에서 먼저 좋아했다오."

선비들이 말했다.

104 초楚나라를 위해서지~일이 아니거늘: 우리를 위해서가 아니라 형을 위해서라는 뜻. 『사기』「평원군·우경 열전」平原君虞卿列傳에 나오는, 모수毛遂의 말이다. 전국시대 진秦나라가 조나라의 수도를 포위하자 조나라의 평원군平原君이 구원을 요청하기 위해 초나라 왕을 찾아갔는데, 이때 평원군의 식객 모수가 나서서 조나라와 초나라를 비롯한 여섯 나라가 연합하여 진나라에 대항하는 합종책合縱策이 조나라보다 오히려 초나라를 위해 이로운 일이라고 했다.

"이형의 어떤 점을 보고 그랬답니까?"

이로부터 이생이 양파와 사귄다는 사실이 비로소 알려졌다.

선비들이 거듭 굳이 청하자 이생이 허락하고 다음날 아침 일찍 이생의 처소로 와서 함께 떠나기로 약속을 정했다. 저녁이 되자 선비들은 다음날 모이기로 굳게 약속하고 흩어졌다.

그날 저녁에 양파가 달금을 불러 말했다.

"이서방님이 내일 절에 가신다니?"

달금이 말했다.

"그렇다네요."

양파가 말했다.

"속담에 '복 없는 자 날 버리고 절에 오른다'더니 이는 참으로 서방님을 두고 하는 말일세."

달금은 몰래 이생에게 가서 양파가 이러이러한 말을 하더라고 전했다.

이때 사선이 나가지 않고 서헌에서 이생과 함께 잤던 탓에 양파는 감히 서헌에 올 수 없었다. 새로 든 정이 흡족하지 못한 터에 이런 이별을 겪게 되었으니, 이 모든 게 조물주의 장난일까?

이튿날 선비들이 약속대로 모여 이생에게 떠날 준비를 서두르도록 채근하더니 함께 출발했다. 양파가 멀리서 바라보는데, 정이 있으나 말이 없어 무정한 듯 보였다.

촉산[105] 푸르고
월산[106] 푸르러
강 양편의 푸른 산이 보내고 맞으니
이별하는 마음을 그 누가 알리?
그대 눈물 가득
나도 눈물 가득
비단 띠로 동심결 채 못 맺었는데[107]
강물의 조수潮水는 이미 잔잔해졌네.[108]

두 사람의 두터운 정은 그림으로도 그려 낼 수 없었다.

이생과 선비들이 대전골을 떠나 홍화문[109]에 이르렀을 때 엷게 화장한 한 무리의 미인들이 궁궐에서 나왔다. 이생은 그 모습을 보자 양파 생각이 더욱 간절해져 마음을 억누를 수 없었다. 또 경

105 촉산蜀山: 사천성의 산.
106 월산越山: 절강성 항주杭州 일대를 흐르는 전당강錢塘江 남쪽에 있는 산.
107 비단 띠로~못 맺었는데: '동심결'同心結은 실이나 띠로 두 고를 내고 맞죄어 풀리지 않도록 묶은 매듭. 굳은 사랑의 맹세로서 두 개의 비단 띠로 동심결을 맺는다.
108 촉산蜀山 푸르고~이미 잔잔해졌네: 『금병매』金甁梅·『서유기』西遊記 등의 중국 소설에서 서사敍事 중간에 시구를 삽입하여 장면을 자세히 묘사하거나 정취를 더하는 수법을 본떠 삽입한 사詞로, 송나라 임포林逋의 사詞 「장상사」長相思를 몇 글자 고쳐 인용한 것이다. 「장상사」에는 본래 '촉산'이 "오산"吳山으로 되어 있는데, 오산은 전당강 북쪽에 있는 산이다. 전당강은 바다에 인접해 조수潮水가 있었다.
109 홍화문弘化門: 창경궁昌慶宮의 정문.

모궁[110] 앞에 이르러 활짝 핀 연꽃을 보고는 마치 미인이 방금 새로 단장한 모습 같아 더욱 서글픈 마음을 이길 수 없었다.

어여쁜 연꽃이 말을 건네는 듯해
이별한 사람을 시름케 하네.[111]

이생은 억지로 얼굴을 들고 선비들과 이야기를 나누었으나, 사랑하는 사람에게 마음이 가 있을 뿐 절에 갈 뜻이 없었다.

발길 가는 대로 걸어 혜화문[112] 밖에 이르니 철 지난 매미 소리가 잦아들면서 문득 서풍이 불어 왔다. 이리저리 둘러봐도 눈에는 아무것도 보이지 않고 귀에는 아무 소리도 들리지 않았다. 오직 양파의 모습과 말소리와 몸짓뿐, 동서남북 온 세상의 일만 가지, 일억 가지 사물 중에 양파를 떠올리게 하지 않는 것이 없었다. 양파에 대한 그리움은 이미 고질병이 되어 세상의 어떤 의사라도 고칠 수 없을 지경이 되었다.

110 경모궁景慕宮: 창덕궁昌德宮 안에 있던, 사도세자思悼世子의 사당.

111 어여쁜 연꽃이~시름케 하네: 『금병매』 등 중국 소설에서 서사 중간에 시구를 삽입하여 장면을 자세히 묘사하거나 정취를 더하는 수법을 본떠 삽입한 시이다. 이 구절은 이백李白의 시 「녹수곡」淥水曲 중의 "어여쁜 연꽃이 말을 건네는 듯해/마름 풀 따던 사람 시름케 하네"(荷花嬌欲語, 愁殺蕩舟人)에서 따왔다.

112 혜화문惠化門: 서울 도성의 동북쪽, 지금의 서울 성북구 동소문동에 있던 성문. 동소문東小門이라고도 불렀다.

십 리 남짓 가서 도선암[113]에 이르러 쉬었다. 이생은 음식을 앞에 두고도 젓가락을 들 줄 모르고, 자리에 앉으면서 방석을 까는 일도 잊어서 곁에 있던 이들의 비웃음을 샀다. 이생은 생각했다.

'나는 시골의 천한 선비로 서울에서 타향살이하는 신세다. 용모도 볼만한 구석이 없고 딱히 훌륭한 행실도 없으며, 집도 가난하고 나이도 많다. 재주와 용모가 빼어난 양랑이 보기에 나는 한갓 지푸라기 같은 존재에 지나지 않거늘, 양랑은 내 어떤 점을 보고 나를 친밀하게 여겨 아끼고 공경하며 사모하는 걸까? 나로서는 천재일우의 기회라 할 만하니, 이보다 두터운 정이 있을 수 없고, 이보다 더한 친분이 있을 수 없다. 그 정성에 보답하고자 하나 하해河海로도 부족하구나!'

4, 5일이 지났다. 친구 정생鄭生이 이생을 데리고 절 뒤의 반송[114] 아래로 가서 잠시 바람을 쐬며 쉬고 있는데, 한 아이가 작은 봇짐을 지고 절문 앞에 와서 물었다.

"임천[115] 이서방님이 어디 계십니까?"

그곳에 있던 이들 중 성생成生이 필시 양파가 보낸 사람이다 싶어서 곧장 나와 물었다.

113 도선암道宣菴: 도선사道詵寺를 말한다. 서울 도봉산에 있는 절로, 신라 경문왕 때인 862년 도선道詵이 창건했다고 전한다.

114 반송盤松: 키가 작고 가지가 옆으로 퍼진 소나무.

115 임천林川: 지금의 충남 부여군 임천면 일대.

"너는 어느 동네에 사느냐?"

"뽕나무골[116]에 삽니다."

"뽕나무골 어느 댁에서 왔느냐?"

"소인은 뽕나무골에 삽니다만, 친척 누이가 대전골 장진사댁 행랑에 삽니다. 소인이 누이를 찾아갔더니 누이가 이 물건과 편지를 가지고 절로 가서 이서방님을 찾아 전해 드리라고 하기에 온 것입니다. 이서방님이 어느 분이십니까?"

"네 친척 누이가 양씨 집 며느리냐?"

"그렇습니다."

성생은 아이더러 마루 가까이로 와서 보따리를 풀어 보라고 했다. 보따리 안에는 과일 한 광주리, 유밀과[117] 한 바구니, 산포[118] 한 찬합, 소주 한 병이 들어 있었다. 또 편지를 꺼내게 하자 보따리 안에서 봉한 꽃종이 하나가 나왔다. 성생이 편지를 뜯어보니 위에는 이별 후의 안부 인사를 적었다. 그 아래로 칠언 절구[119] 두 편과 오언 절구[120] 두 편을 적었는데, 모두 간절히 그리는 마음을 담은 절창絶唱이었다.

116 뽕나무골: 상동桑洞. 지금의 서울 중구 인현동 일대.

117 유밀과油蜜果: 밀가루를 꿀과 참기름으로 반죽하여 기름에 지진 뒤 꿀에 담가 두었다가 먹는 과자.

118 산포散脯: 쇠고기로 만든 육포肉脯.

119 칠언 절구七言絶句: 일곱 자씩 네 구句로 이루어진 한시 형식.

120 오언 절구五言絶句: 다섯 자씩 네 구句로 이루어진 한시 형식.

성생은 편지를 감춰 두고 이생을 속일 생각이었으나 생각지도 않게 노승 보항寶恒이 이생에게 가서 먼저 소식을 알리고 말았다. 이생이 신발을 거꾸로 신고 헐레벌떡 뛰어오자 성생은 숨기지 못하고 곧바로 편지를 꺼내 주었다. 여러 선비들과 이생이 빙 둘러앉아 보았는데, 칠언 절구 두 편은 다음과 같다.

고요한 중문 안에서 저녁 수심에 잠겨 있는데
동방[121]의 외로운 베개에 가을 달이 밝네.
정갈한 밥 한 숟가락 올리지 못하나
임 향한 마음은 죽어도 다함없으리.

『시학전서』[122] 책상에 가득하지만
온갖 말 따분해 보기 싫어라.
그중 '별'別 자 하나 가장 원수라
창힐[123]이 글자 만들던 때 원망하노라.

121 동방洞房: 침실, 혹은 신방新房.
122 『시학전서』詩學全書: 명나라 왕세정王世貞이 교정校正한 『원기활법시학전서』圓機活法詩學全書를 이른다. 총 24권으로 천문天文, 시령時令, 지리地理 따위의 부문으로 나누고, 다시 서사敍事, 사실事實 따위로 세분하여 고사성어를 분류하고 편집한, 작시자作詩者를 위한 실용서이다. 명·청 때 여러 번 간행되었다.
123 창힐蒼頡: 중국 상고시대에 한자를 처음 만들었다는, 전설상의 인물.

오언 절구 두 편은 다음과 같다.

> 멀리 관새로 가 소식 끊기니
> 깊은 시름 풀 길이 없네.
> 아득히 청련암[124] 생각노라니
> 빈산의 덩굴에 달만 휘영청.[125]

> 짝 잃은 난새는 늙어 가고
> 꽃동산 나비는 가을을 맞네.
> 밤새 비단창 닫고 있노라니
> 예전에 노닐던 추억 어이 견디리.[126]

다 보고 나자 이생은 눈이 휘둥그레지고 입이 얼어붙고 넋이 빠져나가 마치 허공에 붕 떠 있는 것 같았다. 선비들도 감탄해 마지않았고, 그중에 양파에 침을 흘리던 몇몇 사람들은 투덜거렸다.

이윽고 이생은 술과 안주를 꺼내 선비들과 취하도록 마시고 배

124 청련암青蓮菴: 허봉許篈이 함경도 갑산에 유배 가 있을 때 거처한 곳이다. 여기서는 이생이 머물던 도선암을 가리킨다. 이백의 호가 '청련'이다.

125 멀리 관새關塞로~달만 휘영청: 허난설헌이 오빠 허봉에게 보낸 오언 고시 「하곡荷谷에게 부치다」(寄荷谷) 중 제5구에서 제8구까지를 몇 글자 고쳐 옮겼다.

126 짝 잃은~어이 견디리: 허난설헌의 오언 율시 「동무에게 부치다」(寄女伴)의 제3·4구와 제7·8구를 옮겼다.

불리 먹었다. 선비들은 저마다 양파의 시에 차운시[127]를 지어 이생의 시와 함께 양파에게 보내고 싶어 했다. 그러나 민참봉이 그러면 안 된다고 힘주어 말해 이생만 화답시를 써서 보냈다.

선녀와 헤어진 뒤 시름 씻지 못하는데
비까지 부슬부슬 내려 가을을 보내네.
문득 천금 같은 편지 받으니
글자마다 보석 같은 시에 맘이 아프네.

난경으로 책상의 먼지 털고자 했거늘[128]
만난 지 얼마 안 돼 또 이별이네.
편지 한 장에 무한한 한 담기 어려운데
새벽 되어 가을 달이 주렴에 걸렸네.

분에 안 맞는 귀한 편지 열어 보고
사랑스러워 손에서 놓지 못하네.

127 차운시次韻詩: 다른 시의 운韻이 되는 글자를 그대로 써서 지은 시.
128 난경鸞鏡으로 책상의 먼지 털고자 했거늘: 서로 만나 사랑을 나누고자 했다는 뜻. '난경'은 거울을 이르는 말이다. 옛날 계빈왕罽賓王이 3년 동안 울지 않는 난새를 울게 하려고 난새 앞에 거울을 두자 난새가 거울 속 자신의 모습을 보고 구슬피 울었다는 전설에서 유래한다. 이 단어는 흔히 쓸쓸한 처지에 있는, 사랑하는 사람을 일컫는 데 쓴다.

갈림길은 양주를 울리고[129]

아름다운 시는 이백[130]을 부끄럽게 하네.

둘만의 약속 거울처럼 환하건만

이별의 정 가을처럼 서늘하네.

지성이면 감천이라

응당 옛 사귐 이어 가리라.

노승 보항이 이생에게 말했다.

"화답시는 지으셨지만, 술과 안주는 어떻게 보답하시렵니까?"

이생이 말했다.

"나는 객살이하는 신세인 데다 지금 산사에 와 있으니 선물을 어찌 마련할 수 있겠소?"

보항이 말했다.

"여자 중에 재주 많은 사람이 있다는 말을 예전부터 들어 왔으나 직접 보지 못한 게 한이었는데, 오늘 뜻밖에도 소약란[131]의 재

129 갈림길은 양주楊朱를 울리고: 양주가 갈림길 앞에서, 같은 근본을 가지고 태어난 사람이 인생의 갈림길에서 혹은 선한 길로 혹은 악한 길로 접어들게 된다는 생각에 울었다는 고사가 『회남자』淮南子 「설림훈」說林訓에 보인다. 여기서는 이별해서 슬프다는 말.

130 이백李白: 앞서 양파의 시에 '청련암'('청련'은 이백의 호)이라는 말이 나왔기에 거기에 호응해서 한 말이다.

주를 보았습니다. 소승이 비록 가난하지만 궁궐에서 선물로 받은 물건을 장롱에 간직해 두었습니다. 이 물건을 보내 보답했으면 하는데 어떻겠습니까?"

이생이 사양하며 말했다.

"나는 본래 가난한 데다 객살이하는 처지이니, 내 답례가 없더라도 그녀는 필시 불평하지 않을 것이오. 오늘 대사大師의 도움을 받는다 해도 훗날 갚을 길이 없거니와, 내 일이 대사와 무슨 관계가 있겠소? 대사가 말씀하신 물건을 답례로 보낸다면 그녀는 필시 내가 망령되다고 여길 테니, 절대 안 될 일이오."

보항이 거듭 간청하자 선비들이 함께 힘껏 권했다.

"보항대사의 말씀이 옳습니다."

보항이 옥으로 만든 함을 열더니 모시 한 필, 옥색 비단 두 필, 중국산 채색 부채 한 자루를 꺼내 바쳤다. 선비들이 그 물건들을 싸서 보냈는데, 이생은 한참 동안 언짢아했다. 서울의 산승山僧들은 궁방[132]에서 보시한 물건이며 재상가에서 싸 보낸 물건을 많이 받았으니, '남양南陽 사람 젓갈 먹고, 태백산太白山 중 물 마신

131 소약란蘇若蘭: 남북조시대 전진前秦 사람인 소혜蘇蕙를 말한다. '약란'은 자字이다. 자신을 버리고 첩만 사랑하는 남편 두도竇滔의 마음을 돌리기 위해 오색비단에 800여 자로 된 회문시回文詩를 지어 보내 남편의 사랑을 되찾았다는 고사가 전한다.

132 궁방宮房: 왕실 직계 가족이 거처하는 궁실宮室 및 분가한 왕자와 공주들의 집을 통틀어 이르던 말.

다'[133]는 속담이 있을 만했다.

민참봉이 말했다.

"재주로 사람을 감동시키는 것이 이처럼 대단하구려! 내가 비록 양파의 모습은 보지 못했지만 묘하다는 소문은 많이 들었는데, 지금 양파의 시를 보니 이형이 잊지 못하고 그리워하는 것도 당연합니다."

선비들이 양파의 시 읊기를 그치지 않아 "동방洞房의 외로운 베개에 가을 달이 밝네"라는 구절이 절 안에 가득 울려 퍼졌다. 이생은 생각했다.

'양파가 보낸 물건 값이 필시 50냥은 넘을 텐데, 이를 어찌 갚을까!'

그렇게 십여 일이 흘러 과거 시험 날짜가 바짝 다가오자 선비들이 저마다 절을 떠나 집으로 돌아갔다. 이생이 대전골에 오니 영필이 벌써 청소를 다 해 놓고 맞이했다. 이생이 서헌으로 들어가 자리에 앉자 영필이 소리를 낮추어 말했다.

"서방님이 절에 가신 뒤로 행랑에 소동이 있었는데 지금까지 진정되지 않았습니다."

133 남양南陽 사람~물 마신다: 사는 곳에 따라 처지가 달라진다는 뜻. 노승 보항이 물질적으로 풍요한 것은 그가 서울 근교 산사의 승려이기 때문임을 말하기 위해 끌어온 속담. '남양'은 경기도 화성 부근의 옛 지명으로, 해산물이 많이 나는 해안 지역이다.

이생은 생각했다.

'영필이 필시 나를 놀리려 그러는구나. 하지만 날이 저물도록 양파가 그림자도 보이지 않으니 마음이 착잡해서 어쩔 줄 모르겠다. 병이 들어 그런가? 아니면 어디 외출했나? 전에는 내가 나갈 때마다 반드시 문에서 전송하고 돌아올 때마다 뜰에서 기다렸지. 그렇다면 지금 십여 일 만에 온 나를 각별히 다정하게 대할 법하거늘 아무 소리가 없으니 무슨 까닭일까? 당파도 나를 보고 인사가 없는데, 왜 예전과 달리 대할까?'

은은한 향기 때때로 붉은 비단 수건에 스치는데
바람 불어 도성의 버드나무에 티끌이 이네.
봉래산[134]에 가 옛 기약 지키려 하나
아침 내내 그대는 보이지 않네.[135]

저녁을 먹고 난 뒤 이생은 마루에서 서성이며 잠을 이루지 못했다. 3경(12시 무렵)이 되어 잠자리에 들려 하는데 문득 내중문[136]이 열리더니 달금이 서헌으로 곧장 올라와 이생에게 말했다.

134 봉래산蓬萊山: 신선이 산다는 바닷속의 산.
135 은은한 향기~보이지 않네: 『금병매』 등의 중국 소설에서 서사 사이에 시구를 삽입하여 장면을 자세히 묘사하거나 정취를 더하는 수법을 본떠 삽입한 시에 해당한다. 이 시의 제2구는 불길한 일을 암시한다.
136 내중문內中門: 안쪽의 중문中門.

"서방님, 여기 계시면 안 돼요."

이생이 말했다.

"무슨 말이냐?"

달금이 말했다.

"서방님이 절에 가신 뒤로 양파가 식음을 전폐하고 그저 먼 산만 바라보며 근심에 잠겨 슬퍼했어요. 그렇게 여러 날이 지났는데, 열네 살 된 시조카딸 희喜라는 아이가 양파 남편에게 서방님과 양파가 옥가락지를 주고받으며 몰래 사통했다고 일러바친 거예요. 양파 남편은 머리끝까지 화가 나서 양파를 붙잡고 마구 때리며 '왜 이서방을 따라가지 않았느냐?'는 말까지 했어요. 그러고는 다듬잇돌로 양파를 쳐 죽이려 했어요. 행랑 여자들이 손으로 막자 이번에는 칼로 양파를 찔러서 피가 낭자했어요. 양파의 시아버지가 아들을 꾸짖어 싸움을 말리자 양파 남편이 큰소리로 말했어요.

'양반에겐 법도 없나? 유부녀와 간통하고도 무사할 줄 알아? 이서방이 돌아오면 내가 사생결단을 하고야 말겠다!'

양파 남편은 사람됨이 표독해서 필경 좋지 않은 일이 생길 듯하와 안주인 마님이 서방님 걱정을 몹시 하시다가 쇤네더러 가서 알리라고 하셨어요."

당파가 그제야 이생을 보러 와서 말했다.

"세상사가 다 이렇습니다. 서방님이 출타하신 뒤로 양파는 방황하며 마음을 진정하지 못하더니 식음을 전폐했습니다. 양파가 서헌에 계신 분과 몰래 사통했다는 말이 전부터 암암리에 행랑에 퍼졌기에 양파 남편이 깊이 의심하고 있었지요. 하지만 양파는 아무런 거리낌 없이 말과 낯빛에 속마음을 드러내더니, 벼루를 꺼내 시를 읊조려 쓰고는 멀리 푸른 산을 바라보며 실의에 빠져 마음을 가누지 못하기에 이르렀습니다. 그때 동서의 딸인 희가 양파 남편에게 서방님과의 관계를 일러바쳤어요. 양파 남편은 몹시 화가 나서 상자를 뒤지다가 종이 하나를 발견했습니다. 하지만 양파 남편은 일자무식이라 종이를 들고 나가 길에서 만난 다른 고을 문사文士에게 보여주며 언문으로 옮겨 달라고 부탁했대요. 문사는 이렇게 시를 풀이해서 써 주었다는군요.

마음이 급히 날고자 하여 「백주」[137] 시를 읊었으니
내가 술이 없어 놀지 못함이 아니로다.[138]
구름아, 청산을 가리지 마라
정든 사람이 첩에게 향하는 눈이 있을까 하노라.
○ 마음이 그대를 위하여 죽어도 썩지 않겠다는 뜻이다.

137 「백주」柏舟: 『시경』 패풍의 노래 이름. 남편에게 사랑 받지 못한 아내가 스스로를 '견고하게 만들었으나 아무도 타지 않는 배'에 비유하여 근심을 토로하는 내용이다.
138 내가 술이~못함이 아니로다: 『시경』 패풍 「백주」에서 따온 말.

이렇게 언문으로 옮긴 글이 더 많은데, 제가 외는 건 이것뿐입니다. 그 문사는 양파 남편에게 이렇게 말했답니다.

'이건 필시 여자가 지은 시인데, 기녀의 시는 아니야. 세속을 넘어선 재주를 지녔으나 이름 없는 집에 잘못 떨어진 게 평생의 한인가 보군. 그러다 문득 마음이 통하는 선비를 만났는데, 그 선비를 산으로 떠나보내고 그리움을 참지 못해 이 시를 지었을 게야. 이 여자를 한번 만나 보고 싶은데, 그럴 수 있겠나?'

양파 남편이 '저는 그저 길에서 주웠을 뿐입니다'라고 하자 문사가 물었답니다.

'그러면 왜 언문으로 옮겨 달라고 했나?'

양파 남편이 '가 볼 데가 있어서 그랬습니다'라고 답하자 문사가 말했습니다.

'가 볼 데가 어디야? 나도 거기에 같이 가면 안 되겠나?'

양파 남편이 '외간 사람은 출입할 수 없는 집입니다'라고 말했지만 문사는 그 말을 믿지 않고 양파 남편을 따라오더랍니다. 그래서 양파 남편은 다른 길로 접어들어 문사를 따돌리고 집으로 달려왔다네요. 그러고는 채찍을 들고 양파를 발로 차며 때리는 걸 시아버지가 뜯어말렸다는군요. 그러자 양파 남편은 양파를 꾸짖으며 이렇게 말했답니다.

'네가 죽어도 그만두지 않겠다고 했으니, 죽는 게 네 소원이렷다!'

그러더니 바윗돌을 안아다가 양파에게 던졌는데 맞히질 못했습니다. 그러자 이번에는 낫을 들고 와서 양파의 두 정강이와 넓적다리를 베었습니다. 양파의 위아래 옷이 다 찢어지고 유혈이 낭자했어요. 시아버지는 아들을 때려 쫓아내고 양파의 상처에 약을 발라 싸매 주었습니다.

이런 일이 있었지만 양파는 뉘우치거나 자책하는 마음이라곤 조금도 없이 눈물을 흘리며 여전히 서방님을 잊지 못한다는 말을 행랑 여자들에게 했다는군요. 양파 남편은 제가 중간에서 다리를 놓았다고 의심해서 수도 없이 제게 욕을 퍼부었는데, 저는 변명할 말이 없었습니다. 그러다 오늘 저녁에 서방님이 오셨다는 말을 듣고는 그동안 단장이라곤 하지 않던 양파가 갑자기 경대를 열고 분통을 꺼내더니 머리를 빗고 화장을 하더랍니다. 양파 남편이 그 모습을 보고 또 화가 나서 분통을 걷어차니 분통이 벽에 부딪쳐 산산조각이 났답니다. 세상에 이처럼 겁 없는 아이가 어디 있답니까? 죄는 양파에게 있지 서방님에게 있지 않고, 제게도 있지 않습니다. 남편 된 자라면 누군들 그렇게 하지 않겠습니까?"

이생이 말했다.

"나 때문에 필시 많이 다쳤겠구나."

당파가 말했다.

"남편 때문에 다친 데가 많았지만 오히려 제게 이렇게 말하더군요.

'제가 비록 머리부터 발끝까지 다 성하지 않다 할지라도 이서방

님과 이별할 때 마음이 아팠던 것에 비하면 아무것도 아니에요.'

그러고는 또 이렇게 부탁했답니다.

'이서방님이 오시면 내가 당한 일을 제발 누설하지 말아 주세요.'"

달금이 말했다.

"쇤네한테도 몇 번이나 신신당부했사옵니다."

이생이 말했다.

"지금은 다 나았소?"

당파가 말했다.

"그저께부터 전처럼 기동을 합디다."

두 사람이 흩어져 돌아가자 이생도 잠자리에 들었다.

이튿날 아침 이생이 일어나 뒷간에 갔다 오다 보니 중문 밖에 한 사내가 담배를 피우며 이생 쪽을 바라보고 있었다. 이생이 몹시 화가 나서 행랑 사내들에게 그자를 잡아들이라고 호령하자 그 사내는 곧바로 달아났다. 행랑 사내들이 뒤쫓았지만 보이지 않자 돌아와 아뢰었다.

"벌써 달아났습니다. 어디 사는지 몰라 잡아오지 못했습니다."

이생이 말했다.

"남의 집 사람이 양반 댁에 들어와 무례하게 구는 걸 너희들이 강 건너 불구경하듯 해서야 되겠느냐?"

그러더니 행랑 사내들을 모조리 잡아들여 마루 아래에 꿇어 앉혔다. 양파 남편도 그중에 있을 듯싶었다. 그러자 단정한 차림새의 노인이 들어와 아뢰었다.

"남의 집 사람이 사대부 댁에 들어와 무례하게 구는 걸 행랑 사내들이 즉시 가로막지 못했으니 죄를 받아 마땅합니다. 다만 소인의 아들은 몇 달 동안 학질을 앓고 있으니 사정을 봐 주시고, 소인을 대신 벌주시기 바라옵니다."

이생이 말했다.

"네 성은 뭐냐?"

"양가이옵니다."

"네 아들이 누구냐?"

양노인이 한 젊은이를 가리키며 말했다.

"이 아이가 소인의 아들이옵니다."

이생은 양파의 남편을 다른 곳에 꿇어 엎드리게 하고, 나머지 행랑 사내들을 모두 엄히 다스린 뒤 풀어 주었다. 그러고는 양노인에게 훈계를 했다.

"큰소리로 왁자지껄 떠들지 않는 게 행랑에 사는 도리야. 차후로 이런 일이 또 벌어지면 늙은이 네놈부터 죄를 받을 것이니, 행랑것들에게 단단히 일러 놓는 것이 좋을 게야."

양노인은 거듭 굽실거리며 감사 인사를 했다.

이생이 양파의 사랑을 얻은 것은 바로 이런 호령 때문이었다. 이생의 국량이 이처럼 작은지라 행랑 사내들은 종종 곤장을 맞았는데, 그중 일손一孫이라는 자가 가장 자주 걸렸다. 일손이 중문 앞에 살며 양파가 왕래하는 것을 살폈기 때문이다.

그날 밤 양파가 곱게 단장하고 서헌에 왔다. 이생은 덥석 양파의 손을 잡고 사과했다.

"나 때문에 고생이 작지 않았겠소."

양파가 말했다.

"고생이랄 게 뭐 있겠습니까."

"좀 전에 달금이에게 이야기를 들었소."

양파가 말했다.

"달금이가 저를 놀리려고 농담을 한 거지 사실은 그런 일이 없습니다."

그리하여 이별의 회포를 푸니 마치 새로운 사랑을 찾은 듯했다.

과거 시험이 끝나고 이생이 고향 생각을 하자 송의흥[139] 맹여孟汝가 이생을 놀리는 시를 지었다.

> 봄 지내고 여름 지내고 가을 지내며
> 서울의 쌀값만 올리고 있네.
> 늙어도 꽃다운 마음 사그라들지 않아

139 송의흥宋義興: '의흥'은 경상북도 군위 지역의 옛 지명이다. 의흥 현감을 지냈기에 '송의흥'이라고 한 듯하다.

황혼 녘에 옷소매 떨치며 청루[140]를 향하네.

송의흥은 또 이렇게 말했다.

"양파 한 사람 때문에 과거를 건성으로 봤으니 무슨 수로 합격하겠소?"

그때 한자리에 있던 성생이 말했다.

"지난번에 양파의 시를 보니 자나 깨나 형을 그리는 마음뿐이던데, 따로 집 한 채를 사서 같이 사는 게 좋지 않겠습니까?"

이생이 말했다.

"가난한 내 형편에 어찌 그럴 수 있겠소."

성생이 말했다.

"형이 그럴 마음만 있다면야 우리가 형을 위해 돈 200냥은 모아 드릴 수 있지요. 그러면 집을 세내어 같이 살 수 있을 겁니다."

이생이 말했다.

"고향에 어린 아내가 있고 아직 자식을 두지 못했거늘, 어찌 그 여자를 들이겠소?"

성생이 말했다.

"그러면 양파는 필시 봉변을 당할 겁니다. 미모가 그처럼 빼어나고 재주가 그처럼 뛰어나니, 행랑에서 뜻을 펴지 못한 채 오래

140 청루靑樓: 기방妓房.

있을 여자가 아닙니다. 접때 편지를 본 젊은이들 중에 양파에게 침을 흘리던 자가 많았으니 먼저 흉계를 꾸미는 자가 왜 없겠습니까?"

이생은 과연 과거에 낙방했다. 이생이 고향으로 돌아가려고 서둘러 짐을 꾸리자 곱디고운 양파의 말씨와 얼굴빛이 자주 변했다. 양파가 말했다.

"우리가 7월 16일에 만났으니 10월에 다시 설당雪堂에서 만날 약속을 해야 소동파가 비웃지 못하겠지요."[141]

이생은 꼭 그러겠다고 대답하고 양파와 이별했다.

2, 3일 길을 가다가 길에서 우연히 장진사의 조카인 중약仲約을 만났다. 중약이 먼저 물었다.

"양파는 별고 없습니까?"

이생이 말했다.

"그렇다네."

"이번에 가면 소생이 반드시 양파를 얻은 다음 굳은 언약을 할 겁니다."

"행랑것을 차지하는 데 무슨 어려운 일이 있겠나?"

141 우리가 7월~비웃지 못하겠지요: 소동파가 황주에 유배 가서 7월 16일에 객과 노닐며 「전적벽부」前赤壁賦를 짓고, 10월에 다시 객과 노닐며 「후적벽부」後赤壁賦를 지었기에 한 말. '설당'은 소동파가 황주 유배 중에 지은 별당인데, 「후적벽부」에 설당이 언급되어 있다. 양파는, 이생이 전에 자신이 소동파보다 낫다고 한 적이 있기에 소동파를 끌어와 말한 것이다.

이생은 중약과 헤어진 뒤 생각했다.

'중약은 집이 부자고 나이가 젊은 데다 재주와 풍채도 양파의 바람에 족히 걸맞을 테니, 필시 양파는 중약의 차지가 되겠군.'

그해 11월에 이생은 중학의 하급 색리[142]로 근무하며 도기과[143]에 응시하기 위해 다시 서울에 올라와 안동의 민궁[144]에서 지냈다. 양파 생각이 없지 않았으나 중약의 차지가 되었으리라 여겨 다시 찾아가지 않았다.

서울에 온 지 20일 가까이 되는 어느 날 길에서 장진사를 만났다. 장진사에게 이끌려 함께 대전골로 가니, 중문은 휑하고 서헌은 폐쇄되었으며, 당파는 콩죽 장사를 하려고 길가로 이사해서 예전 모습이라고는 찾아볼 수 없었다.

142 중학中學의 하급 색리色吏: '중학'은 서울 중부에 둔 사학四學의 하나. 서울의 중앙·동부·남부·서부에 둔 중학·동학東學·남학南學·서학西學의 네 학교를 통틀어 '사학'이라 하는데, 1411년(태종 11)에 설치하여 1894년(고종 31)까지 지속되었다. '색리'는 아전을 이른다.

143 도기과到記科: 성균관成均館과 사학四學의 유생을 대상으로 보인 시험. '도기'到記는 성균관이나 사학의 유생들이 출근하여 식당에 출입한 횟수를 적는 장부로, 아침·저녁 두 끼를 1도到로 하여 50도가 되면 도기과에 응시할 자격을 주었다. 도기과의 성적 우수자에게는 곧바로 회시會試에 응시할 수 있는 특전을 주었다. 회시에 이어 임금 앞에서 보이는 전시殿試까지 합격하는 것을 '과거 급제'라고 한다.

144 안동安洞의 민궁閔宮: '안동'은 지금의 서울 종로구 안국동. '민궁'은 고종高宗과 가례嘉禮를 올리기 전 민비閔妃(1851~1895), 곧 명성황후明成皇后가 거처하던 감고당感古堂을 말한다. 감고당은 본래 숙종肅宗이 인현왕후仁顯王后의 부모를 위해 지어 준 집으로, 지금의 서울 종로구 안국동 덕성여고 자리에 있었다.

안사랑으로 들어가니 노인이 한 사람 있었다. 노인은 호남 사람 변씨邊氏로 장진사 장남의 장인인데, 아이들을 가르치느라 앉아 있었다. 행랑 사내들이 대문 곁에 있는 방에 모여 있었는데, 그중 하나가 말했다.

"또 올라오셨구만."

"이서방님 말인가?"

"그래."

또 한 사내가 말했다.

"우리는 매 맞느라 정신없겠네."

"아무 죄도 없는데 그런단 말이야?"

"그걸 모르는 사람이 있나?"

"양파 때문에 그런 거야."

그때 중약과 사선이 외출했다 돌아오며 사내들의 말을 들었다. 사선이 웃으며 말했다.

"몽운夢雲〔이생의 호號〕이 올라왔나 보네."

중약도 웃었다.

안사랑에 들어가니 과연 이생이 자리에 앉아 있었다. 중약이 웃으며 행랑 사내들의 말을 전했다. 그때 달금이 술상을 내왔다. 달금은 웃으며 말했다.

"양파가 간절히 기다렸답니다."

사선이 말했다.

"양파는 벌써 중약에게 갔는데, 너는 왜 간절히 기다렸다는 말을 해서 속이느냐?"

달금은 웃으며 아무 말도 하지 않았다. 같은 고을의 자미紫微 선생 김계첨金啓僉이 한자리에 있다가 이생에게 말했다.

"자색이 과연 대단하더군요."

이생은 사선이 허튼 말로 의심을 사지는 않으리라 여겨 더 묻지 않았다.

이윽고 아름다운 음성이 안채 쪽에서 들려 왔다. 중약이 그 소리를 듣고 들어가자 사선이 말했다.

"단단히 홀렸구먼."

달금이 말했다.

"양파는 안채에 들어온 적이 없는데 지금 갑자기 온 걸 보니, 분명 이서방님 때문일 겁니다."

사선이 말했다.

"양파의 마음은 이미 형에게서 떠났는데, 형의 마음은 어떻습니까?"

이생이 말했다.

"길가의 우물을 혼자 마실 수 있겠나? 더구나 본래 내 것도 아닌 걸."

이생은 이틀을 머물다가 이런 생각이 들었다.

'중약이 양파를 범했다 한들 내가 양파와 영원히 절연할 이유가 없지. 게다가 두터운 정을 둔 것이 한두 번이 아니니 뭣 때문에 서먹하게 지내겠나. 하지만 당파가 없으니 내 뜻을 전할 방법이 없구나!'

마침 이생이 외출하는데 양파는 문을 열고 바라볼 뿐이었다. 이생은 은銀 세공장이에게 은반지 한 쌍을 만들게 한 뒤 중국산 종이로 싸고 종이 겉에 '구별창연호재부'久別悵然好在否(오랫동안 헤어져 섭섭했는데 잘 지냈는지)라는 일곱 글자를 썼다. 돌아오는 길에 양파가 뜰에 있는 것을 보고 던져 주자 양파가 주워서 품속에 간직했다.

이튿날 또 외출했다가 돌아오는데 양파가 꽃종이 한 장을 던졌다. 이생은 주워서 주머니에 간직해 두었다가 아무도 없는 곳에서 펴 보려 했다. 뜻밖에도 중약이 멀리서 엿보고 있다가 알아채고는 몸을 숨기고 살금살금 걸어 이생의 뒤를 밟았다. 이생이 안사랑에 들어와서 아직 겉옷을 벗기도 전에 중약이 돌입하더니 양파가 던진 꽃종이를 보여달라고 했다. 이생은 뜻밖의 말을 듣고 말했다.

"그게 무슨 말인가?"

중약이 말했다.

"귀신은 속여도 소생은 못 속입니다."

이때 사선이 그 자리에 있다가 변노인에게 몇 번 눈짓을 하더니 함께 이생을 붙들고 주머니를 뒤졌다. 주머니를 열고 종이를 펼쳐 보니 시 한 편이 적혀 있었다.

먼 곳에 계신 임께서

첩에게 잉어 한 쌍[145]을 보냈네.

잉어 배를 갈라 보니

편지 한 통 들어 있네.

앞에는 그립다는 말

뒤에는 헤어져 지낸 지 오래라는 말.

편지로 그대 마음 알고 나니

두 줄기 눈물이 옷자락 적시네.[146]

변노인은 시를 보고 깜짝 놀랐다.

"그 여자가 이렇게 시를 잘 짓소?"

이생이 말했다.

"시를 잘 짓긴요? 남의 시를 가져온 게지요."

중약이 말했다.

"시를 잘 짓긴 합니다만 이 여자를 내가 반드시 찢어 버리고 말 겁니다!"

중약은 이를 갈며 분해했다.

145 잉어 한 쌍: 한나라 때의 악부시樂府詩에, 연인이 보낸 한 쌍의 잉어 뱃속에 편지가 들어 있었다는 내용이 보인다. 여기서는 이생이 보낸 은반지 한 쌍을 가리킨다.

146 먼 곳에~옷자락 적시네: 허난설헌의 시 「견흥」遣興 8수 중 제7수를 몇 글자 고쳐 옮겼다.

이때 이생이 볼일이 있어 안동安洞에서 4, 5일 머물게 되었다. 원래 중약은 양파에게 마음을 두고 백방으로 계교를 꾸몄으나 양파가 끝내 따르려 들지 않았다. 게다가 중약은 양파와 이생이 몰래 정을 통한 일을 행랑 사람들이 노래 부르듯 말하는 것을 듣고는 양파가 끝내 자기에게는 마음을 허락하지 않음을 몹시 미워하게 됐다. 남녀가 유별해서 감히 양파 가까이 가지 못하던 터에 양파가 이생에게 준 시를 보게 되자 질투심이 크게 일어났던 것이다. 중약은 기필코 야료를 부리려고 해 몰래 사선과 일을 꾸몄다. 그리하여 사선은 장진사의 아내에게 부탁해서 양파를 안채로 불러 앉혀 바느질을 하게 한 뒤 중약과 함께 안채로 들어갔다. 양파가 일어나 자리를 피하려 하자 사선이 말했다.

"편히 앉아라. 내가 오래 전부터 네게 하고 싶은 말이 있었다."

양파가 다시 자리에 앉았다. 중약이 양파 가까이 앉자 양파는 덜컥 걱정스런 마음이 들었다. 사선이 양파에게 말했다.

"안채나 행랑채나 다 한집인데, 비록 남녀가 유별하다고는 하나 왜 이리도 서먹하게 구느냐? 나는 늘 네가 박정한 사람이라고 여겼다."

양파는 진작 싫은 기색을 보였는데 그 말을 듣자 몹시 언짢아 얼굴을 붉히며 말했다.

"잘 알지 못하는 분이라 자연히 그리 됐습니다. 하지만 서로 알고 지내면 그뿐이지 후하다 박하다 무슨 정을 말할 게 있습니까?

남편이 가난해서 비록 남의 집 행랑살이를 하고 있으나 보통 사람들과는 다르거늘, 왜 저를 만만하게 대하십니까?"

사선은 본래 남을 잘 꾀는 사람인지라 이렇게 말을 돌렸다.

"하늘이 낳은 만물은 초목이든 금수든 모두 정이 있거늘 하물며 사람이 어찌 정이 없겠느냐? 너는 자색이 참으로 빼어난 데다 재주도 훌륭해서 지난번 이생에게 보낸 시를 보니 정말 감탄할 만하더구나."

"그 시를 어떻게 보셨습니까?"

사선은 먼저 이생을 씹은 뒤에야 양파의 마음을 움직일 수 있겠다 여겨 이렇게 말했다.

"이생이 네 시를 사방팔방에 떠벌리고 다녀서 모든 사람들이 신기해하며 네게 침을 흘리고 있느니라."

양파가 정색을 하고 말했다.

"이서방님이 그렇게 경솔한 사람입니까?"

사선이 말했다.

"너는 이생이 반듯하고 당당한 사람인 줄 알았느냐? 경박하기 이를 데 없고 백 가지 행실 중에 볼만한 게 하나도 없는 사람이다. 대체 너는 뭣 때문에 이생을 그리 가까이하는 게냐? 내가 오래 전부터 네게 한마디 해 주고 싶었던 건 바로 이 때문이야. 이생을 가까이해선 안 된다, 안 돼. 가난한 데다 나이는 많지, 얼굴은 못났고 재주도 없는 사람을 너는 뭘 보고 사귀는 게냐? 저 장서방님으로 말하자면 진사님의 조카로 젊고 재주가 뛰어나니, 참으로 네가 따를 만한 분이다. 네 재주와 미모를 늘 아껴서 너를 위해서라면 무슨 일이든 하고자 하시니, 네가 냉담하게 대해선 안 될 일이야."

양파가 말했다.

"생원님은 쇤네의 품행이 좋지 않다고 생각하셔서 이런 말씀을 하시는 겁니까? 그게 아니면 쇤네를 기생첩으로 보셔서 그러시는 겁니까? 쇤네가 이서방님과 교유하는 게 과연 못난 늙은이를 위해 그러는 거라고 여기십니까?

옛말에 '귀할 때 벗을 사귀는 것은 천할 때를 대비해서고, 부유할 때 벗을 사귀는 것은 가난해질 때를 대비해서이다'[147]라는 말이 있습니다. 그런가 하면 '머리가 백발이 되도록 오래 사귀었어도 서로 마음을 깊이 알지 못하면 방금 사귄 사람과 다름이 없으며, 한 번 보고도 서로 마음이 맞으면 오래 사귄 벗과 마찬가지다'[148]라는 말이 있습니다. 이는 서로의 마음을 알아주는 것이 중요하기에 한 말입니다. 쇤네는 비록 부귀한 형세는 아니지만 아름답고 귀한 용모와 높고 넉넉한 재주를 지녔습니다. 평생의 소원이 빈천한 벗을

147 귀할 때~때를 대비해서이다: 『사기』「범저·채택 열전」范雎蔡澤列傳에 나오는 평원군平原君의 말. 전국시대 진秦나라 소왕昭王이 재상 범저范雎의 원수를 갚아주기 위해 조趙나라 평원군에게 의탁하고 있던 위제魏齊의 목을 요구하자 평원군은 친구인 위제를 저버릴 수 없다며 이 말을 했다.

148 머리가 백발이~벗과 마찬가지다: 『사기』「노중련·추양 열전」魯仲連鄒陽列傳에 이 말이 보인다.

사귀어 죽을 때까지 잊지 않는 것인지라 이런 벗을 갖게 되기를 목을 빼고 기다려 왔습니다. 그러다가 하늘이 제 정성을 버리지 않으시어 다행히도 서헌에서 이서방님을 만났습니다.

저는 이서방님을 죽어도 잊지 못할 지기知己라 여깁니다. 이는 쇤네의 생각이지 이서방님의 바람은 아닙니다. 제 마음은 무쇠나 바위보다 견고하고, 물속에 넣어도 적셔지지 않으며, 불속에 던져도 태워지지 않을 터이니,[149] 더 말씀하지 말아 주십시오. 만약 이서방님이 장서방님처럼 풍채가 좋고 젊었다면 저는 돌아보지도 않았을 겁니다. 지금 번화한 도성에 고관 댁 자제며 부유한 상인이며 호걸이 많고 많지만 저는 모두 관심 없고 제 눈엔 오직 이서방님뿐이니, 쇤네의 마음을 아실 수 있을 겁니다. 옛날 빨래하던 아낙이 한신韓信을 딱하게 여기던 마음[150]이 어찌 보답을 바라서였겠습니까? 그러니 제가 어찌 음탕한 행동을 하겠습니까?"

사선이 성이 나서 꾸짖었다.

"한집에 살면서 누구한테는 후하고 누구한테는 박하게 대한단 말이냐? 너는 대체 어찌 된 년이냐?"

양파는 피가 얼굴에 치솟아 바느질하던 것을 죄다 집어던지고

149 물속에 넣어도~않을 터이니: 『장자』「대종사」大宗師에서 따온 말.

150 빨래하던 아낙이~여기던 마음: 한나라의 개국공신 한신이 젊은 시절 곤궁하여 빨래하는 아낙에게 밥을 얻어먹었다는 고사가 『사기』「회음후 열전」淮陰侯列傳에 보인다. 한신이 훗날 반드시 보답하겠다고 하자 여인은 처지가 딱해 보여 도와준 것이지 무슨 보답을 바라겠느냐고 했다.

곧장 문밖으로 나갔다. 사선은 몹시 화가 나서 여종을 불러 양파를 잡아들이게 한 뒤 마루 아래에 꿇어앉히고 매질을 하려 했다. 변고가 났다는 소식을 듣고 장진사가 즉시 들어와 말했다.

"남의 아내를 차지하려는 게 어찌 아름다운 일이겠나? 아이들이 이런 행동을 하면 금해야지, 도리어 못된 짓을 부추겨서야 되겠나?"

그러고는 양파를 내보냈다.

사선은 여전히 분을 참지 못해 양파에게 솥을 지고 나가 다른 동네에 가서 살라고 했다. 그러자 양파는 남편과 시아버지와 함께 세간을 수습해 문밖으로 나갔다. 그러나 이 엄동설한에 누가 이들을 집 안에 받아 주려 들겠는가? 온갖 곳을 다 생각해 봐도 급히 갈 만한 곳이 없어, 결국 길가에 있는 빈 움막에 들어가서 이불을 장막 삼아 가리고 돌을 가져다 가마솥을 걸었다. 양파는 한탄했다.

"미인은 재앙을 부르고, 뛰어난 재주를 지닌 사람은 시기를 받으며, 사향노루는 제 배꼽을 물어뜯고,[151] 표범은 멋진 무늬 때문에 가죽이 벗겨지나니, 내가 빼어난 용모가 없었다면 어찌 이런 변을 당하겠나?"

하룻밤 묵고 나니 장진사가 예전 살던 곳으로 다시 돌아와 살라고 했다. 장진사는 전날 있었던 일이 이생에게 알려지지 않도록 아

151 사향노루는 제 배꼽을 물어뜯고: 사람에게 쫓긴 사향노루가 제 배꼽에서 나는 향 때문에 잡힌다고 여겨 배꼽을 물어뜯었다는 고사에서 따온 말.

이들에게 일절 발설하지 못하게 했다. 양파도 달금더러 이생에게 알리지 말라고 주의를 주었다. 이 때문에 이생은 사정을 전혀 모르는 채 양파와 중약이 사통했으리라 여전히 의심하고 있었다. 그러다 보니 양파에 대한 생각도 십중팔구는 줄어들었다.

하루는 이생이 안동安洞에서 초동[152]으로 가다가 길에서 우연히 당파를 만났다. 당파는 울면서 지난 일을 이야기하더니 자기 집에 가서 잠시 쉬었다 가라고 했다. 이생이 승낙하고 따라가 보니 당파의 집은 대전골에서 멀지 않은 곳이었다. 당파는 이생더러 방에서 잠시 기다리라 하고 밖으로 나갔다가 오래지 않아 돌아와서 말했다.

"서방님, 혹시 양파가 보고 싶으세요?"

이생이 말했다.

"만나볼 수 있겠나?"

당파가 말했다.

"지금 와 있답니다."

이윽고 문밖에 초록색 장옷이 언뜻 보였다. 장옷 속의 사람은 누군가? 바로 양파였다.

누각 앞에서 바라보다 금방 알아봐

152 초동草洞: 지금의 서울 중구 충무로 4가와 5가 일대에 있던 마을. 이엉이나 칡 등을 파는 초물전草物廛이 있어 이런 명칭이 생겼다.

꿈인지 생시인지 미칠 것 같네.
천 갈래 슬픔과 기쁨 한층 새로워
'서방님' 하고 부르기도 전 눈물부터 나네.

이생이 황홀해 하는 사이 양파가 어여쁜 모습으로 들어왔다. 양파는 이생의 손을 잡고 뭔가 말하고 싶었지만 눈물이 솟으며 절로 목이 메어 왔다. 이생도 슬픔이 북받쳐 얼굴 가득 눈물을 흘리지 않을 수 없었다. 이윽고 양파가 마음을 진정하고 말했다.

"서방님이 오신 것을 본 지 벌써 한 달이 가까운데 끝내 저를 찾아오지 않으셨으니, 서방님의 마음이 제 마음과 같지 않다는 걸 알겠습니다. 지금은 오래 앉아 이별의 회포를 풀 수 없으니, 파루 후에 행랑의 제 방으로 와 주세요. 성문이 열리고 나면 닭이 울기도 전에 제 남편과 행랑 사내들이 모두 강으로 나가 땔나무를 사서 떠나니[153] 저 홀로 빈 방을 지키고 있답니다. 서방님 맞을 준비를 하고 있을 테니, 제 간절한 바람을 저버리지 말아 주세요."

신신당부하고는 황급히 돌아갔다. 이생은 고개를 끄덕여 승낙했다.

그날 밤 이생은 대전골에 가서 잤지만 새벽에 양파를 찾아갈 틈

153 제 남편과~사서 떠나니: 이 구절을 통해 양파의 남편과 행랑 사내들이 땔나무 장사를 했던 것을 알 수 있다. 당시 도시 영세민들 중 마포 강가에서 땔나무를 구입해 지게에 지고 도성의 여기저기를 다니며 팔아 생계를 유지하는 이들이 적지 않았다.

을 내지는 못했다. 중약의 의심을 살까 싶었기 때문이다. 양파에 미쳤던 7월 그때 같으면 양파가 먼저 만나기를 바랄 때까지 이생이 기다렸겠는가?

2, 3일 뒤 객지에서 지내느라 무료했으므로 새벽닭이 울자 이생은 행랑으로 향했다. 사방에 사람의 기척이라곤 없었다. 양파는 발소리를 듣고 즉시 나와 이생을 맞아들였다. 비로소 이별의 회포를 푸니, 소상강에서 벗을 만나고[154] 배항이 남교에서 짝을 얻은 격[155]이었다. 기쁨과 슬픔이 교차하며 취한 듯하기도 하고, 방금 술에서 깬 듯하기도 했다. 그날 이후 두 사람은 날마다 만났는데, 꼬리가 길면 밟힌다는 것을 생각지 못했다.

하루는 새벽에 이생이 양파를 찾아가니 양파가 나와 맞이했다. 들어가서 방문을 닫자마자 갑자기 밖에서 양노인이 방문을 벌컥 열었다. 하지만 양파는 태연히 말했다.

"이서방님이 와 계세요."

154 소상강瀟湘江에서 벗을 만나고: 육조시대 유운柳惲의 작품 「강남곡」江南曲 중 "동정호에서 귀향하던 나그네/소상강에서 벗을 만났네"(洞庭有歸客, 瀟湘逢故人) 구절에서 따온 말. '소상강'은 소수瀟水와 상수湘水를 함께 이르는 말로, 모두 중국 호남성湖南省에 있는 강 이름이다.

155 배항裵航이 남교藍橋에서 짝을 얻은 격: 당나라 때 배항이라는 선비가 소상강에서 노닐다가 선녀 번부인樊夫人을 만나 남교에서 배필을 얻으리라는 시를 받고, 훗날 남교에서 운영雲英을 만나 여러 난관을 극복한 뒤 운영과 인연을 맺었다는 고사를 말한다. '남교'는 섬서성 남전현藍田縣 동남쪽의 남계藍溪에 놓인 다리 이름이다.

양노인이 방문을 열고 흘깃 보더니 도로 문을 닫고 나가며 말했다.

"나는 다른 사람인가 해서 그랬다."

그러고는 자기 방으로 돌아갔다. 이생이 양파에게 말했다.

"필시 변고가 생기겠네."

양파가 웃으며 말했다.

"상관없습니다. 저와 서방님의 일이야 온 동네가 다 아는 사실인데 무슨 변고가 생기겠습니까?"

양파는 조금도 난처한 기색 없이 모든 행동을 전과 다름없이 했다. 이생은 마음이 매우 불안해져 방을 나와 안사랑으로 갔다. 날이 밝은 뒤에 변고가 나리라 생각했지만 저녁까지 아무 소리도 들리지 않았다.

그날 밤 초동 친구들이 찾아와 이생을 데리고 초동으로 갔다. 그 이튿날에는 안동으로 가서 4, 5일 머물렀는데, 문득 씨동氏同이라는 자가 와서 장진사의 편지를 전했다. 편지에는 이런 내용이 적혀 있었다.

아주 급한 일이 생겼으니 얼른 와 주기 바라네.

한번 와 주기를 간절히 바라는 듯한 말이었다. 이생은 일이 났음을 알아차리고 씨동을 으슥한 곳으로 데려가 무슨 일이 벌어졌는지 물었다. 그러자 씨동이 말했다.

"서방님이 떠나신 다음날에 양파의 조카딸 희라는 아이가 그 일을 양파 남편한테 일러바쳤습니다. 양파 남편은 몹시 성이 나서 방문을 걸어 잠그더니 양파의 머리채를 틀어쥐고 자빠뜨렸습니다. 그러고는 양파의 배 위에 올라타 부엌에서 쓰는 큰 칼로 찔러 죽이려 했습니다. 하지만 양파는 조금도 겁먹지 않고 목소리를 낮춰 말했습니다.

'내가 중죄를 지은 게 한두 번이 아니니, 죽은들 무슨 원한이 있겠어요? 칼을 내게 주어 조용히 자결하게 해 줘요. 당신에게 아내를 죽였다는 오명을 남기고 싶진 않으니. 제발 애쓰지 말고 내가 자결하게 해 줘요.'

그러는 사이에 시아버지 양노인이 자물쇠를 부수고 들어가서 아들을 꾸짖고 칼을 빼앗아 땅에 던졌습니다. 양파가 천천히 일어나 칼을 집어 들고 제 목을 찌르려다 헛손질을 했어요. 다시 찌르려는데 양노인이 깜짝 놀라 칼을 빼앗았습니다. 양파가 또 곁에 있던 작은 칼을 집어 들자 양노인이 또 빼앗았답니다.

신시(오후 4시 무렵)에 양파가 방에 아무도 없는 틈을 타서 몰래 시렁 아래에 목을 맸는데 동서인 희의 어미가 구했습니다. 그 뒤로는 희의 어미가 방에서 양파를 지켰지요. 초저녁에 양파가 밖으로 나가 우물에 몸을 던졌습니다. 우물이 깊었지만 다행히도 두레박 한 쌍이 우물 위에 떠 있어서 양파의 몸이 완전히 물에 빠지기 전에 사람들이 구해 낼 수 있었습니다. 바야흐로 얼음이 우물을 꽉

채운 데다 돌이 몸에 많이 부딪쳐 양파가 많이 다쳤습니다.

새벽에 양파가 또 우물에 몸을 던졌는데, 물 긷던 사람들이 온힘을 다해 구해냈습니다. 코와 입에서 물이 흘러나오더니 반나절만에 살아났습니다. 그날 밤에 또 목을 맸다가 시아버지가 살리고, 오늘 새벽에 또 목을 맸다가 누군가 구해서 살아났습니다. 기필코 죽기로 작정해 그 남편이 간절히 애걸했지만 듣지 않고, 시아버지와 친정 엄마가 와서 꾸짖기도 하고 달래기도 했지만 어쩔 도리가 없더랍니다. 워낙 지독한 성격이라 그 마음을 돌릴 수 있는 사람이 없었습니다. 그러자 양노인이 타이르며 말했습니다.

'내가 너를 박대한 적이 없는데 왜 이러니?'

양파가 이렇게 대답했습니다.

'남편과 아버님은 저를 박대하신 적이 없습니다. 제가 자결하려는 건 시집을 원망해서가 아닙니다.'

'내가 이서방님을 모셔올 테니 이야기를 좀 나눠 보렴.'

'죽은 사람이 무슨 이야기를 나누겠습니까?'

양노인은 답답하고 안쓰러워 진사님께는 알리지 않고 소인더러 이서방님을 모셔오라고 했습니다."

이생이 말했다.

"죽겠다는 뜻이 그렇게 강한데 내가 간들 무슨 도움이 되겠느냐?"

씨동이 말했다.

"그렇긴 하지만 가 보시는 게 좋겠습니다."

"남편에게 맞아서 많이 다쳤겠구나."

"지난 7월에는 남편한테 혹독하게 맞았지만 이번에는 처음에 칼부림이 있었을 뿐 일절 때리지는 않았습니다. 그 대신 우물에 몸을 던졌을 때 많이 다쳤지요. 제일 급박한 일은 음식을 먹지 않는 겁니다. 칼로 목을 찌르지 않으면 반드시 목을 맬 것이요, 목을 매지 않으면 필시 굶어죽을 겁니다. 며칠 사이에 목을 찌른 게 한 번, 우물에 몸을 던진 게 두 번, 목을 맨 게 세 번, 먹지 않은 게 네 번입니다."

이생이 마침내 신을 신고 씨동을 따라 나서 대전골에 도착했다. 씨동이 또 말했다.

"요사이 4, 5일 동안 거리마다 욕하는 얼굴이고 사람마다 꾸짖는 소리입니다. 서방님이 양파를 가까이한 뒤로 인심을 잃었으니, 누가 서방님을 옳다 하겠습니까?"

이생이 말했다.

"양파와 정을 통한 건 나 혼자가 아니야. 너희 댁 서방님도 정을 통했느니라."

"그게 무슨 말씀입니까? 누가 그럽디까?"

"새문[156] 밖 생원님이 말씀하시더라."

156 새문: 서대문, 곧 돈의문敦義門의 다른 이름.

"공연한 말입니다. 지난번에 생원님이 저희 서방님과 양파를 맺어 주려 하셨는데, 양파가 듣지 않았습니다. 그 때문에 집 밖으로 쫓아내기까지 한 걸 진사님이 도로 불러들이셨어요."

이생은 여전히 씨동의 말을 믿지 않았다. 하지만 양파가 목숨을 버리려는 게 가엾어 더 물을 겨를도 없이 곧장 양파의 방으로 들어갔다. 양파를 보니 봉두난발에 생선 썩는 냄새가 나고 풍을 맞은 듯 몸을 벌벌 떠는 모습이 이미 귀신의 꼬락서니였다. 곁에 있던 두 여자가 울며 양파를 부축해 앉혔다. 이생은 서글프고 측은한 마음을 이기지 못하고 다가가 양파의 손을 잡고 말했다.

"낭자, 진정하오. 이 무슨 꼴이오?"

양파가 처음에는 이생을 알아보지 못하다가 이윽고 알아보고는 기어들어 가는 목소리로 말했다.

"서방님께선 천금처럼 귀중하신 몸으로 왜 호랑이 아가리 속에 들어오셨습니까?"

이생은 다 죽어 가는 사람이 오히려 자기를 아껴 걱정하는 것을 보고 더욱 슬픔이 북받쳐 뺨 위로 눈물을 흘렸다. 이생이 말했다.

"낭자가 죽음을 앞두고 할 말이 있다기에, 먼 길 떠나는 혼백이 저승에서 무궁한 한을 품지 않게 하려 허겁지겁 달려왔소."

양파가 비로소 머리를 들고 앉아 말했다.

"이미 죽은 몸이 무슨 할 말이 있겠습니까?"

양노인이 미음을 내오자 이생이 억지로 마시게 했다. 양파가 입을 열고 마셨으나, 잠시 후 대야에 먹은 것을 토했다. 이생이 다시 미음을 마시게 하고 자리에 눕힌 뒤 말했다.

"낭자가 죽으려는 까닭이 뭐요? 낭자는 유식한 사람이니 옛말로 설득해 보겠소. 사람 중에 살기를 싫어하고 죽기를 좋아하는 사람은 없소. 죽음이란 태산보다 무거운 것이지만 간혹 죽음을 기러기 털보다 가볍게 여기는 경우도 없지는 않으니, 그건 사람이 처한 상황 때문이오. 사람이 세상에 태어나 병들어 죽지 않으면 반드시 늙어 죽게 되어 있소. 그러나 사람이 스스로 목숨을 끊을 때에는 반드시 명분이 있어야 하오. 옛날 백이[157]는 청렴을 명분으로 삼아 죽었고, 비간[158]은 충성을 명분 삼아 죽었으며, 애경[159]은 정절을 명분 삼아 죽었고, 도척[160]은 이익을 명분 삼아 죽었소. 그러나 지금 낭자의 경우에는 청렴이나 충성이나 정절이나 이익 같은 명분이 전혀 없소. 낭자가 죽은 뒤에 사람들은 필시 이렇게 말하며 비웃을

157 백이伯夷: 고죽국孤竹國의 왕자로 은殷나라가 망하고 주周나라가 서자 은나라를 향한 절의를 지켜 수양산首陽山에서 고사리를 캐 먹으며 살다가 굶어 죽었다.
158 비간比干: 은나라 주왕紂王의 숙부로, 주왕에게 폭정을 그만두도록 간언하다가 심장을 찢기어 죽었다.
159 애경愛卿: 『전등신화』剪燈新話 「애경전」愛卿傳의 여주인공. 기녀 출신으로 조씨趙氏의 아내가 되었는데, 남편이 벼슬을 구하기 위해 집을 비운 사이 변란이 일어나 유만호劉萬戶라는 무장에게 겁탈당할 위기에 처하자 정절을 지키기 위해 자결했다.
160 도척盜跖: 고대 중국의 도적 이름. 9천여 명의 부하를 거느리고 천하를 횡행했다고 한다.

거요.

'몰래 간통하다 남편에게 들켜서 부끄러움을 이기지 못하고 죽었지.'

낭자가 이처럼 불측한 오명을 뒤집어쓰고 세상을 떠서야 되겠소? 낭자의 올곧은 행실을 나 홀로 알지 그 누가 알겠소? 집집마다 수군대고 사람들마다 쑥덕대게 해서는 안 될 일이오. 이 점을 왜 생각지 못하오? 참고 견디며 목숨을 부지해서 오명을 씻은 뒤에 거리에서 고함을 치고 죽는 게 옳지 않겠소?"

그러자 양파가 몸을 일으키더니 기운을 진정하고 눈물을 흘리며 말했다.

"이 세상에 저를 낳은 부모도 제 마음을 모르고, 저를 품은 남편도 제 마음을 모르니, 형제나 동료야 더 말해 무엇 하겠습니까? 제 마음을 아는 분은 오직 서방님 한 분뿐입니다. 지금 서방님께서 현명한 말씀을 해 주시니 제 어리석음을 잘 알겠습니다. 저는 꼭 녹주[161]와 벽옥[162]의 일을 본받고 싶었거늘, 한번 죽으면 아무 일

161 녹주綠珠: 동진東晉의 부호 석숭石崇의 애첩. 권세가 손수孫秀가 석숭에게 녹주를 달라고 했으나 석숭이 응하지 않자 손수는 조趙나라 왕을 부추겨 석숭을 죽이고자 했는데, 이 사실을 안 녹주는 스스로 목숨을 끊었다.

162 벽옥碧玉: 당나라의 시인 교지지喬知之의 애첩 손요랑孫窈娘의 아명兒名. 측천무후則天武后 때 권세를 누리던 무승사武承嗣에게 강제로 납치되었는데, 교지지가 원통함을 이기지 못하고 녹주의 고사를 읊은 시 「녹주편」綠珠篇을 지어 보내자, 이 시를 읽고 자결했다.

이 없는데 평생 살아 있는 게 한스러웠습니다. 그래서 목숨을 끊어 후회가 없고자 했습니다."

이생이 말했다.

"모든 일은 합당한 이치를 찾은 뒤에 실행해야 하는 법이오. 만약 녹주와 벽옥이 낭자의 입장에 처했다면 그들은 필시 낭자처럼 행동하지 않았을 거요. 그러니 할 만한 때에 할 만한 일을 한다면 옳겠으나, 할 만한 때가 아닌데 할 만하지 않은 일을 한다면 잘못인 게요. 절대 허튼 생각을 해서는 안 되오."

양파가 고개를 끄덕이며 웃었다. 양노인도 웃으며 다시 죽을 내와 양파의 속을 달래 주었다. 이생은 장진사를 만나 웃으며 양파의 일을 이야기했다. 이튿날에는 양파가 전처럼 음식을 들고 있다는 소식이 들렸다.

양파가 살아나자 중약이 사선을 시켜 이생에게 부탁하게 했다.

"양파는 본래 형의 차지가 아니거늘, 형이 한번 양파의 방에 들렀다고 해서 무슨 혐의할 것이 있겠습니까? 중약이 양파의 미모를 흠모해 필시 병이 나게 생겼습니다. 양파의 기색을 보아하니 형이 아니면 양파의 마음을 움직일 수 없겠습디다. 형이 한번만 입을 열어 주시면 중약은 평생의 원한을 풀 수 있습니다."

이생이 냉소하며 말했다.

"이미 먹은 여자를 왜 또 나더러 어찌 해 달라고 하나?"

사선이 말했다.

"과연 들어 주지 않으시는군요."

마침내 전에 꾸몄던 일[163]이며 양파를 쫓아냈던 일을 하나하나 다 털어놓았다. 이생이 여전히 믿지 않자 사선이 말했다.

"중약과 양파가 정을 통했다면 제가 성을 갈겠습니다."

이생은 미소를 지었다. 그 뒤 중약이 또 직접 만나 청하자 이생은 비로소 양파와 중약 사이에 아무 일도 없었다는 것을 알았다. 달금을 아무도 없는 곳으로 불러내 물어보니 달금의 대답과 사선의 말이 조금도 차이가 없었다. 이생은 그제야 중간에 자신이 양파에게 반지를 보내 마음을 전했던 일을 후회하며 속으로 탄식했다.

'아무리 나 자신에 대해 생각해 봐도 양파가 왜 나를 좋아하는지 알 수가 없구나!'

이생은 해가 바뀌었으나 여전히 서울에 머물며 친구의 부탁으로 북한산 승가사[164]에서 『명신록』[165]을 베꼈다. 이 말은 「유산기」[166]에

163 전에 꾸몄던 일: 중약이 양파를 손아귀에 넣기 위해 사선과 짜고 이생을 모함한 일을 가리킨다.

164 승가사僧伽寺: 서울 종로구 구기동 북한산 비봉碑峰 아래에 있는 절. 신라 경덕왕 때 승려 수태秀台가 인도에서 당나라로 와서 포교한 승가대사僧伽大師를 추모하여 창건했다.

165 『명신록』名臣錄: 역대 명신名臣들의 행적을 기록한 책. 김육金堉의 『해동명신록』海東名臣錄, 이존중李存中의 『국조명신록』國朝名臣錄 등 여러 종이 전한다.

166 「유산기」遊山記: 산수 유람의 경험을 기록하는 산문 형식인데, 여기서는 이생이 지은 북한산 유기北漢山遊記를 가리키는 듯하다. 이 작품의 서두에 이생이 "산수 유람을 하며 지은 글이 상자를 가득 채웠다"라는 말이 보인다.

나온다. 이때 양파가 이생에게 부친 시가 많았으나 다 엮지 못하고 늦봄에 보낸 시 두 편만 보인다.

구름 낀 산 아득히 멀어 가지 못하고
다락에 올라 고개 들어 소식만 기다리네.
방초芳草가 수심을 자아내어 수심이 다하지 않나니
그대 그리는 이 마음 누가 칼로 끊어 줄는지.

서쪽 봉우리에 봉화 오르는 것[167] 보기 싫은데
추운 나무에 어둠이 깃들고 종소리 나네.
오늘의 이별 몰랐던 게 슬퍼
남 앞에서 눈물 흘리며 처음 만났던 때를 얘기하네.

사선과 중약은 매일 이생에게 간절히 청했다. 이생은 어쩔 도리가 없어 어느 날 양파와 노닐며 이야기하다가 중약이 간청한 일을 말하기에 이르렀다. 양파가 다 듣고 말했다.

"서방님께서는 지금 농담을 하시는 거예요, 아니면 진담이세요?"

이생이 그 말을 듣고는 일이 글렀다 여기고 말했다.

167 서쪽 봉우리에~오르는 것: 당시 도성의 서쪽인 무악에 봉수대烽燧臺가 있었다. 이 구절은 뒤에 나오는 병인양요丙寅洋擾의 경보警報에 대한 복선이 되고 있다.

"농담일세."

양파가 말했다.

"저는 서방님이 진정한 선비라고 생각했는데, 지금 보니 아니군요."

그러고는 한참 동안 얼굴빛이 어둡더니 다시 한참 동안 고개를 숙이고 눈물을 흘렸다. 양파가 말했다.

"제가 비록 서방님의 아내는 아니지만 서방님의 부인보다 두터운 정을 나눌 수 있었던 이유는 마음 때문이었습니다. 그랬건만 지금 어찌 이리 망령되고 경솔한 말씀을 하십니까?"

그 뒤로 은근한 마음이 옅어져, 산처럼 크나크던 정은 눈이 녹고 구름이 흩어지듯 사라지고, 무쇠처럼 바위처럼 굳은 약속은 바람에 날리는 눈비처럼 흩어져 다시 합하기 어려웠다. 그 무렵 장진사는 장동[168]〔대전골에서 십 리 거리에 있다〕으로 이사 가고, 양파는 작은대전골[169]로 이사 갔으며, 당파도 육조 앞[170]으로 가게를 옮겨 다시 얼굴을 보지 못했다.

168 장동壯洞: 서울 종로구 통의동·효자동·창성동에 걸쳐 있던 마을. 창의문彰義門이 있던 곳이기에 본래 창의동이라 불리다가 장의동으로 바뀌고, 다시 장동으로 바뀌었다.

169 작은대전골: 소죽동小竹洞. 죽동竹洞(대전골) 부근의 마을로 추정되나 정확한 위치는 미상.

170 육조六曹 앞: 육조六曹의 관아가 모여 있던 지금의 서울 세종로 광화문광장 부근.

이때 경복궁의 역사[171]가 시작되어 승려들이 어려움 없이 도성을 드나들었다. 이생은 길에서 우연히 도선암 보항대사를 만나 그를 광주 유수[172]의 호방戶房 비장[173]인 민노첨閔魯瞻에게 데려가 인사를 시켰다. 민노첨은 보항대사를 보고 훌륭한 사람이라 여겨 남한총섭[174](승장僧將이다)으로 천거했다.

7월 그믐날 이생은 육조 앞에서 우연히 당파를 만났다. 이생은 이백의 시[175]를 써 양파의 집에 보냈다.

연꽃[176]처럼 아름다운 그대 모습 사랑했거늘
어여쁜 그 얼굴 다시 보지 못하네.
옥처럼 맑은 그대 마음 사랑했거늘
정을 다하지 못했지만 뜻은 이미 깊네.

171 경복궁景福宮의 역사役事: 경복궁 중건重建을 말한다. 1865년(고종 2)에 시작되어 1872년(고종 9)에 마무리되었다.

172 광주廣州 유수留守: '유수'는 조선 시대 전주·개성·강화·광주廣州·수원 등의 요충지를 맡아 다스리던 정2품 관직. 광주 유수는 남한산성에서 도성 외곽을 방어하는 수어청守禦廳(중앙 5군영의 하나)의 지휘 임무까지 겸하여 담당했다.

173 비장裨將: 관찰사·절도사節度使·유수 등을 수행하며 개인 비서 역할을 하던 무관.

174 남한총섭南漢摠攝: 남한산성의 축조와 방어를 담당하는 승군僧軍의 책임자. 해당 지역의 불교 사찰을 통솔하는 역할까지 맡았다. 대개 광주 유수 겸 수어사守禦使의 추천으로 임명되었다.

175 이백李白의 시: 이백의 시 「멀리 부치다」(寄遠) 11수 중 제11수이다.

176 연꽃: 앞에서도 연꽃에 대한 언급이 있었다.

아침이면 귀한 음식 함께 먹고
밤이면 원앙금침 같이 덮었지.
곡진한 정을 나누다 문득 이별하고 나니
사람으로 하여금 수심에 잠기게 하네.
수심으로 마음이 어지럽고
눈물이 쏟아지네.
차가운 등불 아래 가위에 눌려 혼절했다가
깨어나니 그리움에 흰머리 생겼네.
넘실거리는 한수[177]를 건널 수 있다면
비단 버선 신고 물 위를 사뿐히 걸을 텐데.
미인이여 미인이여, 돌아오소
구름 되고 비 되어 양대陽臺에 날지 마오.[178]

양파는 시를 보고 눈물을 삼키며 긴 한숨을 쉬더니 차마 읽지 못하다가 말했다.

"이서방님은 신의 있고 다정한 분이라 할 만하구나! 헤어진 뒤로 나는 '바닷속처럼 깊은 귀인 댁에 들어갔으니, 이제 그대와 나

177 한수漢水: 양자강揚子江의 최대 지류. 섬서성陝西省 남부에서 발원하여 호북성湖北省을 거쳐 무한武漢에서 양자강으로 흘러 들어간다.
178 구름 되고~날지 마오: 초나라 회왕懷王과 무산巫山 여신의 고사에서 따온 말. 본서 11면의 주1 참조. 여기서는 멀리 꿈속에서 노닐지 말고 돌아오라는 뜻.

는 남남이 되었네'[179]라는 시구와 같은 처지이거늘, 박정한 나를 아직도 잊지 않으셨구나."

마침내 꽃종이를 펼쳐 답장을 써 보냈다.

> 박명한 초옥이 이서방님께 올립니다.
>
> 저는 전생에 쌓은 죄 때문에 지금 세상에 유배 왔으니, 만 오라기의 붉은 근심과 천 오라기의 푸른 원한이 인생 백 년에 가득합니다. 아아! 백년이 비록 잠깐이라고 하나 하루가 삼 년 같으니 그대 생각에 아픈 마음을 어찌할까요? 푸르른 풀은 무정히 돋아나고 넘실거리는 파도는 무정히 흘러가는데, 소혼교[180] 위의 사람은 눈물 흘리고, 임은 송객정[181] 가에 말 타고 떠나갑니다. 산은 이별의 한을 품어 수심과 함께 끊어지고, 강물은 이별의 정을 띠어 꿈속

179 바닷속처럼 깊은~남남이 되었네: 당나라 시인 최교崔郊의 시 「여종에게 주다」(贈婢)에 나오는 구절. 최교는 사랑하던 자신의 여종을 가난 때문에 고관 우적于頔에게 팔아야 했는데, 한식寒食 때 우연히 여종과 만나자 이 시를 주었다. 우적은 이 시를 읽고 여종을 최교에게 돌려보냈다.

180 소혼교銷魂橋: '넋이 나가게 하는 다리'라는 뜻으로, 당나라 때 장안長安의 동쪽에 있던 파교灞橋를 말한다. 멀리 떠나는 사람과 송별하는 사람이 늘 이곳에서 헤어졌기에 이리 불렸다.

181 송객정送客亭: '객을 보내는 정자'라는 뜻으로, 송별의 장소로 유명했던 노로정勞勞亭을 가리킨다. 본래 삼국시대 오吳나라 때 남경南京 서남쪽에 세운 정자이다.

에 길게 흐릅니다.[182] 자욱한 구름이 온 세상을 덮고,[183] 지는 달은 들보를 가득 비추는데,[184] 별이 흩어지고 비가 흩뿌리며,[185] 강물은 멀고 산은 아득합니다.[186] 가을을 슬퍼하던 송옥[187]처럼 쓸쓸하고, 칼자루를 두드리던 맹상군의 식객[188]처럼 처량합니다. 강남의 구름과 위수의 나무[189]

182 산은 이별의~길게 흐릅니다: 당나라 시인 나은羅隱의 칠언 율시 「면곡에 돌아와 채씨 형제에게 부치다」(綿谷回寄蔡氏昆仲)의 함련頷聯 "山牽別恨和心斷, 水帶離聲入夢流"에서 따온 말.

183 자욱한 구름이~세상을 덮고: 도연명陶淵明의 시 「정운」停雲에서 따온 구절. 「정운」은 멀리 있는 벗을 향한 그리움을 노래한 시다.

184 지는 달은~가득 비추는데: 두보杜甫의 시 「꿈에 이백을 보고」(夢李白)에서 따온 구절. 두보가 유배 중인 이백을 그리워하며 쓴 시다.

185 별이 흩어지고 비가 흩뿌리며: 이백의 시 「옛날 함께 노닐던 일을 추억하며 초군譙郡 원참군元參軍에게 주다」(憶舊遊寄譙郡元參軍)에서 따온 구절로, 짧은 만남을 비유하는 말.

186 강물은 멀고 산은 아득합니다: 멀고 험한 길을 비유한 말. 송나라 문인 신기질辛棄疾의 사詞 「임강선」臨江仙 등에 보인다.

187 가을을 슬퍼하던 송옥宋玉: 전국시대 초楚나라의 문인으로, 「구변」九辯을 지어 가을을 슬퍼하며 비분悲憤을 노래했다.

188 칼자루를 두드리던 맹상군孟嘗君의 식객: 풍환馮驩을 말한다. 풍환은 맹상군의 식객 중 특별한 재주가 없다고 해서 홀대를 받자 칼자루를 두드리며 한탄하는 노래를 불렀다. 노래를 들은 맹상군은 풍환을 예우해 주었고, 훗날 풍환의 도움으로 큰 위기에서 벗어날 수 있었다. 본서 31면의 주55 참조.

189 강남의 구름과 위수渭水의 나무: 양자강 남쪽의 구름과 위수(섬서성 서안西安 북쪽의 강) 북쪽의 나무처럼 멀리 떨어져 있다는 뜻으로, 이별의 정한을 비유하는 말. 두보의 시 「봄날 이백을 추억하며」(春日憶李白)에서 따온 말.

처럼 서로 멀리 떨어져 있건만 물고기와 기러기가 전하는 소식도 드문데,[190] 꽃 피는 아침과 달 밝은 저녁마다 헛되이 운우의 꿈을 상상합니다. 어찌하면 은하수 강물을 끌어다가 만 갈래 근심을 씻을 수 있을까요?[191]

인연이 무거우면 반드시 다시 만나리니, 부디 보중保重하소서.

그 뒤에는 시를 썼다.

돌아와 자리 위 먼지 어찌 차마 털꼬
임이 앉고 누웠던 흔적 있으니.
하루 열두 시
어느 날 어느 때든 임 생각뿐이네.[192]

190 물고기와 기러기가~소식도 드문데: 옛날 잉어의 뱃속에 편지를 넣어 전하거나 기러기를 통해 소식을 전했다는 고사가 있기에 한 말. 잉어와 관련된 고사는 본서 74면의 주145 참조.

191 어찌하면 은하수~씻을 수 있을까요: 두보의 시 「세병마」洗兵馬에 "어찌하면 장사壯士를 얻어 은하수를 끌어와/무기를 깨끗이 씻어 길이 사용하지 못하게 할꼬"(安得挽天河之水, 淨洗兵甲長不用)라는 구절이 있는데, 이를 환골탈태했다.

192 하루 열두~임 생각뿐이네: 「영영전」英英傳의 삽입 시에서 따온 구절. 이를 통해 「포의교집」의 작자가 「영영전」을 읽었음을 알 수 있다.

봄비에 하얀 배꽃
새벽녘 붉은 등불.
둥지의 까마귀는 새벽빛에 놀라고
들보의 제비는 새벽달에 겁을 먹네.
비단 장막 쓸쓸히 말아 올리니
텅 빈 은상銀床 적막하여라.
나를 양파라 부르던 그대
아름다운 이름 훗날 드높으리.[193]

이윽고 이생이 고향으로 내려간 뒤로 두 사람은 삼성과 상성[194]처럼 멀리 떨어져 만나지 못했다.

이듬해인 병인년(1866) 봄, 나라에 가례[195]가 있었다. 당시 이생은 서울에 와서 민궁閔宮에 머물고 있었다. 이때 민궁의 대소 권속眷屬

193 봄비에 하얀~훗날 드높으리: 허난설헌의 오언 율시 「심아지의 시를 본떠 짓다」(效沈亞之體) 중 앞의 여섯 구를 몇 글자 고쳐 옮기고, 마지막 두 구만 새로 지은 것이다. '은상'銀床은 은으로 장식한 침상이다. 여기서는 양파의 처소를 가리켜서 한 말이다.

194 삼성參星과 상성商星: 사랑하는 사람이 이별하여 만나지 못함을 비유하는 말. 삼성은 서쪽에, 상성은 동쪽에 서로 등져 있어 동시에 두 별을 볼 수 없기에 유래하는 말이다.

195 가례嘉禮: 1866년 음력 3월에 치러진 고종高宗과 민비閔妃의 혼례를 말한다.

들이 모두 중궁전[196]을 모시고 홍인군[197] 댁으로 가 있었기에 안동 전체가 텅 비었으며, 문객門客인 허진사許進士·윤사과[198]·민참봉·이생 네 사람만 남아 있었다. 윤사과가 이생에게 청했다.

"지금 예조禮曹에서 각 관아의 관기官妓를 불러다 의례 연습을 시킨다고 합디다. 명기名妓들을 불러 소일하는 게 어떻겠습니까?"

이생이 말했다.

"본인이 부르시구려."

윤사과가 말했다.

"오늘은 형이 부르시는 게 제일 좋겠어요."

이생은 민궁에 남아 있던 별배[199]를 불러 예조에 가서 기생을 불러오라고 했다. 그러나 예조에서 보낸 기생 셋이 모두 용모가 추하고 용렬했다. 이들을 돌려보내고 다시 불러왔지만 역시 마찬가지였다. 예조의 서리[200]들이 민궁의 명령이라 어쩔 수 없이 기생을 보내긴 했으나 기생 중 유명한 자들이 오려 하지 않았기 때문이다.

196 중궁전中宮殿: 민비.

197 홍인군興寅君: 흥선대원군興宣大院君의 형인 이최응李最應(1815~1882)을 말한다. 1865년 영건도감營建都監 제조提調로서 경복궁 중건을 지휘하고 판의금부사를 지냈으나 그 뒤 요직에 기용되지 못하다가 1873년 대원군이 실각한 뒤에 민씨 정권의 주요 인물로 부상하여 좌의정·영의정에 올랐다.

198 윤사과尹司果: '사과'는 정6품의 무관직.

199 별배別陪: 벼슬아치 집에서 사사로이 부리던 하인.

200 서리書吏: 조선 시대 경아전京衙前에 속한 하급 서리胥吏. 문서 기록이나 도서 관리 등의 임무를 맡았다.

윤사과가 말했다.

"내일 아침 일찍 우리가 예조의 기생 점고點考 때 가서 제일 예쁜 아이들의 이름을 알아 두었다가 돌아와서 이름을 명시해 부르면 안 보낼 수 없을 겁니다."

이생이 말했다.

"그리하면 썩 좋겠구려!"

이튿날 아침 일찍 민궁의 문객 네 사람과 청지기 상진尙眞이 별배 두 명을 앞장세워 예조에 갔다. 기생 수백 명이 뜰 앞에 늘어서 있는데 향기가 진동했다. 반짝이는 눈동자에 붉은 입술을 지닌 기생 하나하나가 일등 미인이었다. 일전에 민궁에 불려왔던 기생들은 감히 그 무리에 들지 못하고 그저 앞에서 잔심부름이나 할 따름이었다. 기생 중에 순홍舜紅, 금옥錦玉, 계향桂香, 화옥花玉, 채홍采紅 등이 특출했다. 고개를 돌려보니 단장한 백여 명의 미녀가 머리를 화려하게 꾸미고 마당에 빙 둘러 서 있었다. 이생이 물었다.

"재들도 기생인가?"

상진이 대답했다.

"여령[201]입니다."

"여령도 기생 아닌가?"

"서울 오부[202]의 양가 여자 중에 결혼했지만 아직 아이를 낳지

201 여령女伶: 궁중의 각종 연회나 의식에서 춤과 노래를 맡아 거행하던 여자.

202 오부五部: 조선 시대 한성부漢城府의 다섯 행정구역인 중부·동부·남부·서

못한 사람을 다 여령으로 뽑아서 의례를 가르친 뒤 대례[203]에 씁니다. 일단 여기 뽑히고 나면 기생이 돼도 좋고, 남편을 버리고 다른 곳으로 시집을 가도 상관없습니다."

"왜 그런가?"

"여기 뽑혀 들어온 여자들 중 집이 넉넉한 이들은 몸종과 남편이 여자를 지키기 위해 별도로 사처를 정해 머무는 까닭에 오입쟁이라 해도 감히 접근하지 못합니다. 의복이며 머리 장식도 모두 자비로 마련하니 내외의 구별이 엄격합니다. 하지만 집이 가난해서 자비로 마련할 수 없는 여자들은 오입쟁이 하나가 나서서 자기가 비용을 부담하겠다고 하면 가례 전에 그 사람의 아내가 되며, 가례가 끝난 뒤에도 계속 그 사람 아내가 되기를 원하면 본남편은 감히 뭐라고 말하지 못합니다."

"자비로 들어가는 돈이 얼만가?"

"사오백 냥입니다."

이생이 가서 여령들의 인물을 보니, 마당 안쪽에 나와 선 이들은 현신[204]한 여자들이고, 마당 밖 보교[205] 안에 있으면서 아직 나

부·북부를 통틀어 일컫는 말.

203 대례大禮: 궁중에서 임금이 몸소 주관하는 모든 의식을 말한다. 즉위식 및 혼례를 포함한 가례嘉禮와 각종 제례祭禮가 있다.

204 현신現身: 아랫사람이 윗사람에게 예를 갖추어 자신을 보이는 일.

205 보교步轎: 가마의 일종. 네 기둥 주위에 장막을 두르고, 정자 지붕 모양으로 뚜껑을 덮었으며, 바닥과 기둥과 뚜껑을 떼어 낼 수 있게 만들었다. 두 사람이 앞뒤에서

와 서지 않은 이들은 새로 잡혀 온 여자들이었다. 모든 가마 앞에는 호송해 온 포교[206]가 섰고, 가마 뒤에는 시집이나 친정 가족이 서 있었다. 오입쟁이 무뢰배들이 연이어 재빨리 다가가서 가마마다 자세히 살폈는데, 어떤 자들은 주렴을 걷어 예쁜지 못났는지 따지며 아무런 거리낌이 없었다. 그때 문득 베 도포를 입은 노인이 이생의 앞에 나와 절을 했다. 이생이 이상하다 싶어 보니 바로 양노인이었다. 이생이 말했다.

"자네가 여기 왜 왔나?"

"소인의 며느리가 여령으로 잡혀 왔습니다."

양노인은 자기 앞에 있는 가마를 가리키며 말했다.

"여기 있습니다."

양파는 이생의 목소리를 듣고 당장 주렴을 걷고 나와 이생의 손을 잡고 눈물을 흘리며 말했다.

"세상에 이런 변이 있을 수 있습니까? 곧바로 목숨을 끊자니 나라에 불충한 일이요, 나라의 명을 따르자니 남편에게 불충한 일인지라 진퇴양난입니다. 제가 비용을 대자면 들어가는 돈이 오백 냥 남짓이니, 가난한 집에서 이를 어찌 감당하겠습니까. 이백 냥 뇌물을 써서 빼달라고 했지만 포교가 듣지 않아 여기까지 잡혀 왔는데,

메고 다닌다.

206 포교捕校: 조선 시대의 경찰기관인 포도청捕盜廳의 부장部將. 1인당 64인의 포졸을 거느리고 서울 및 서울 근교의 치안을 담당했다.

다행히 서방님을 만났습니다. 이 황당한 일을 해결할 방법이 없겠습니까?"

이때 오입쟁이 네댓 명이 낯선 사람이 여령에게 손을 잡힌 채 말을 나누는 것을 보고는 화가 나서 곧장 다가와 성난 목소리로 말했다.

"뉘기에 감히 이리 당돌하게 구는가?"

삽시간에 무뢰배들이 구름처럼 모여 주위를 빙 둘러싸니, 금방이라도 주먹이 날아들 것 같은 풍경이 눈앞에 연출되었다. 상진이 멀리서 이 광경을 보고 별배들과 함께 고함을 치며 이생 쪽으로 와서 무뢰배들을 밀쳐내며 말했다.

"너희들은 이분이 뉘신 줄 알고 감히 이러느냐?"

별배 갑득甲得이 눈을 부릅뜨고 째려보던 사내 하나를 잡아 뺨을 찰싹 때리니 대나무 쪼개지는 소리가 났다. 그러자 무뢰배들이 모두 흩어졌다. 이때는 가례를 앞둔 시기인지라 민궁의 청지기나 별배의 호령이 포도대장[207]보다 열 배는 더 위세가 있었기 때문이다.

민참봉·허진사·윤사과 세 벗이 뒤이어 와서 이생에게 물었다.

"이 여령은 누굽니까?"

이생이 말했다.

"예전에 내가 어여삐 여기던 낭자라오."

207 포도대장捕盜大將: 포도청의 최고 책임자. 종2품 관직으로, 서울 및 서울 근교 지역을 좌우로 나누어 두 사람의 포도대장이 책임을 맡았다.

민참봉이 말했다.

"양파가 아닌지요?"

"그렇습니다."

민참봉이 말했다.

"오래 전부터 재주 있다는 명성을 익히 들었습니다. 지금 처음 대면해 보니 과연 헛된 명성이 아니로군요."

상진이 말했다.

"이왕 이리 됐으니, 이 여령은 빼 주지 않을 수 없겠습니다."

그 즉시 상진이 양파를 호송해 온 포교를 부르자 전립[208]을 쓴 두 사람이 앞으로 나왔다. 상진이 별배들을 시켜 포교들의 전립을 벗기고 무릎을 꿇린 뒤 꾸짖었다.

"너희들은 볼기를 쳐 마땅하지만 모르고 한 일일뿐더러 대례가 코앞에 닥쳤기에 용서한다. 이 여령을 즉시 명단에서 뺀다고 보고해라."

포교들이 분부를 받고 가더니, 잠시 후 서리書吏 한 사람과 함께 장부를 들고 왔다. 서리는 양파의 이름을 물어 먹으로 지운 뒤 그 아래에 "민부閔府(민궁)의 명령으로 이름을 빼고 상진의 서명을 받음"이라고 기록했다.

양노인이 뛸 듯이 기뻐하며 말했다.

208 전립氈笠: 벙거지. 무관이나 군졸이 군장軍裝을 할 때 쓰던 갓.

"잡혀 오기 전보다 오히려 잘 됐으니, 마치 운무가 걷히고 밝은 해를 보는 듯합니다."

양파가 또 눈물을 흘리며 말했다.

"이는 하늘이 도우시고 천지신명이 지시하신 일입니다. 어찌 낭군께서 미리 알고 하신 일이며, 제가 바란 일이겠습니까? 환난이 의외의 곳에서 생겼다가 의외의 곳에서 풀리니, 제가 무슨 정성스런 마음이 있다고 하늘의 이런 보우를 받을까요? 나물이 끓는 솥에 들어가면 삶겨서 사람들에게 먹히지 않을 수 없거늘, 갑자기 거북등처럼 갈라진 땅이 단비를 만나고 기러기가 순풍을 만난 듯합니다. 8년 전쟁이 끝난 뒤 남궁南宮에서 열린 큰 잔치[209]나 「춘향가」의 어사출도라 한들 이보다 더 기쁠 수 있겠습니까?"

민참봉이 이생에게 권했다.

"양파를 민궁으로 데려가 반나절이라도 이야기를 나누는 게 어떻겠습니까?"

이생이 미처 대답하기 전에 상진이 말했다.

"여기서 바로 집으로 돌려보내면 중간에 변고가 생길까 싶으니, 반드시 별배들로 하여금 호위하게 해서 안동에 갔다가 천천히 집으로 보내는 게 좋겠습니다."

양노인도 옳다 여겼다. 이생이 양파를 가마에 타게 하자 양노인

209 8년 전쟁이~큰 잔치: 초나라와 한나라의 8년 전쟁에서 한나라가 승리를 거둔 뒤 한나라 고조高祖가 낙양洛陽의 남궁南宮에서 베푼 잔치.

이 그 뒤를 따랐다. 민참봉은 별배들에게 양파를 위해 행랑에 따로 아침 밥상을 차리고 양노인과 가마꾼들도 함께 대접하도록 지시했다. 별배들이 분부대로 하겠다고 하고 출발했다.

이때 여령과 기생들은 양파가 돌아가는 것을 보자 그 모습을 보기 위해 앞 다투어 벌떼와 개미떼처럼 모여들었기에 가마꾼들이 앞으로 나아갈 수가 없었다. 당시 창을 익히고 있던 벽성[210] 기생 화옥花玉과 평양 기생 순홍舜紅이 미모와 가무가 빼어날 뿐 아니라 문장과 언변까지 뛰어나 이름난 재상가에서 사랑받았다. 이들은 평소 양파의 명성을 들어 왔던지라 당장 가서 가마를 세워 달라고 청한 뒤 양파와 대화를 나눴다. 화옥이 말했다.

"오래 전부터 양낭자의 명성을 듣고 한 번 뵙는 게 소원이었습니다. 지금 우연히 마주하니 과연 명불허전입니다. 하늘이 내린 아름다운 자질에 발군의 뛰어난 재주까지 지녔거늘 아무도 모르는 집에서 헛되이 세월을 보내다니, 흙 속에 묻힌 진주 같아 참으로 애석합니다. 그렇긴 하나 시골의 부유[211]와 몰래 사귀며 스스로 곧은 행실이라 여겨서야 되겠습니까?

낭자가 만일 분수 밖의 삶을 살고자 할진댄 저희를 따라 신세에

210 벽성碧城: 황해도 해주海州의 다른 이름. 지금의 황해남도 벽성군과 해주시 일대이다.

211 부유腐儒: 썩은 선비. 화옥의 눈에는 이생이 썩은 선비로 비쳤던 것이다. 이생에 대한 이 정확한 규정이 이 대목에 나온다는 데 주목할 만하다.

서 벗어나 초나라 호숫가에서 대나무를 구하고 남전에서 옥을 캐야 할 것입니다.[212] 영웅호걸이 곁을 떠나지 않고 진귀한 보배가 손에 있을 것입니다. 나갈 때는 은 안장을 얹은 백마를 타고, 들어오면 비단 장막을 드리운 화려한 방에 살며, 옷은 제나라 비단[213]이 아니면 촉나라 비단[214]으로 지어 입고, 음식은 흰 쌀밥에 맛난 반찬만 먹게 될 것입니다. 이렇게 한 세상을 유유자적 지내며 인생 백년을 즐기고, 음악으로 흥겨워하며 춤과 노래로 마음을 상쾌히 한다면 죽어도 한이 없을 것이요, 살아서는 빛이 날 것입니다. 무엇 하러 구차한 데 얽매여 여자의 곧은 행실을 구하다가 도리어 남의 비웃음을 받으려 하십니까?"

양파가 말했다.

"일식과 월식이 있다 한들 어찌 해와 달의 밝음이 줄어들 것이며, 강과 바다가 탁하다 한들 그 광활함에 무슨 해가 되겠습니까? 저의 언행은 비록 별 일컬을 만한 게 없으나 그게 곧음에 무슨 해가 되겠습니까? 뜻을 변치 않았기에 비록 오활한 행실이 있다 해도 원래의 뜻을 이을 수 있고, 말이 이치에 어긋나지 않았기에 비

212 초楚나라 호숫가에서~할 것입니다: 전국시대 초나라가 있던 동정호洞庭湖 주변은 좋은 대나무의 산지이고, 남전藍田은 고급 옥의 산지인바, 훌륭한 인물을 구해 얻는다는 뜻.
213 제齊나라 비단: 춘추시대 제나라가 있던 산동성山東省 일대에서 생산된, 희고 올이 가는 고급 비단.
214 촉蜀나라 비단: 삼국시대 촉나라가 있던 사천성 일대에서 생산된 고급 비단.

록 잘못을 범했다 한들 하늘의 도리를 어기지는 않았습니다. 지금 여러분이 이 세상에서 화려하게 지내는 것은 옛날 포사와 양귀비[215]가 했던 일과 같습니다. 이익 앞에서 은혜를 저버리고 재물을 좇아 덕을 버리니, 크게는 나라를 망하게 할 수 있고 작게는 집안을 망하게 할 수 있습니다. 그 허물이 작지 않거늘 제가 어찌 그 길을 따르겠습니까?"

화옥이 웃으며 말했다.

"장씨臧氏는 책을 읽다 양을 잃고 곡씨穀氏는 노름을 하다 양을 잃었으니, 비록 독서와 노름은 다른 일이지만 양을 잃은 일은 똑같습니다.[216] 지금 낭자가 한 말은 오십 보 달아난 자가 백 보 달아난 자를 비웃는 격[217]이 아니겠습니까?"

양파가 말했다.

215 포사褒姒와 양귀비楊貴妃: '포사'는 서주西周의 마지막 임금인 유왕幽王의 총희이다. 평소에 좀처럼 웃지 않던 포사가 봉화에 허둥대는 제후들의 모습을 보고 웃자 유왕은 같은 일을 여러 차례 반복했다. 훗날 반란이 일어나서 봉화를 올렸으나 제후들은 장난으로 여겨 오지 않았고, 결국 서주는 패망에 이르렀다. '양귀비'는 당나라 현종玄宗의 총비로, 안록산安祿山의 난이 일어나는 원인을 제공했다 하여 현종이 사천성으로 피난 가던 도중 죽임을 당했다.

216 장씨臧氏는 책을~일은 똑같습니다: 두 사람이 한 일은 다르지만 결과는 같다는 뜻. 장臧과 곡穀이 양을 치다가 둘 다 양을 잃어버렸는데, 그 이유를 묻자 장은 책을 읽느라 살피지 못했다고 했고, 곡은 노름에 정신이 팔려 몰랐다고 했다는 이야기가 『장자』「변무」騈拇에 보인다.

217 오십 보~비웃는 격: 『맹자』孟子「양혜왕 상」梁惠王上에 나오는 고사.

"국화는 서리가 내려야 아름답고 매화는 눈이 내려야 향기로우니, 비록 열매가 없다 할지라도 절개를 잃지 않습니다. 그러니, 온 세상이 모두 탁하다고 해서 진흙을 휘저어 흙탕물을 일으키고, 사람들이 모두 취해 있다고 해서 술지게미를 먹고 박주를 마신다면[218] 어찌 홀로 맑음을 유지하고 홀로 깨어 있을 수 있겠습니까?

사람이 요임금이나 순임금이 아니고서야 어찌 진선진미盡善盡美의 경지에 이를 수 있겠습니까? 하지만 거친 밥을 먹고 물을 마시며 팔베개를 하고 누워도 그 안에 즐거움이 있으니,[219] 어찌 재물과 여색에 빠진 자와 함께할 수 있겠습니까? 양주가 갈림길에서 운 것은 동쪽으로 갈 수도 있고 서쪽으로 갈 수도 있어서였고,[220] 묵자가 흰 실을 보고 슬퍼한 것은 노란색으로 물들일 수도 있고 붉은색으로 물들일 수도 있어서였습니다.[221] 그러므로 성인인 공자孔子께서는 『춘추』春秋를 지으신 뒤 '나에게 죄를 준다면 그건 『춘추』 때문이요, 나를 알아준다면 그 역시 『춘추』 때문이다!'[222]라고 하

218 온 세상이~박주薄酒를 마신다면: 굴원屈原의 「어부사」漁父辭에서 따온 말.
219 거친 밥을~즐거움이 있으니: 『논어』 「술이」述而에 나오는 말.
220 양주楊朱가 갈림길에서~갈 수도 있어서였고: 본서 57면의 주129 참조.
221 묵자墨子가 흰~물들일 수도 있어서였습니다: 묵자의 고사는, 사람의 본성은 본래 선하지만 환경에 따라 선하게도 악하게도 되어 훗날에는 완전히 다른 사람이 된다는 점을 슬퍼한 것으로, 『회남자』 「설림훈」에 보인다.
222 나에게 죄를~『춘추』 때문이다: 『맹자』 「등문공 하」滕文公下에 나오는, 공자의 말.

셨지요. 지금 제 행동에 죄를 줄 사람이 없지 않을 테지만, 저를 알아줄 사람도 없지 않을 겁니다."

순홍은 양파의 마음이 상할까 싶어 화옥의 말을 가로막고 말했다.

"나무를 해치지 않고 어찌 희준을 만들 것이며, 백옥을 훼손하지 않고 어찌 규장을 만들겠습니까?[223] 물감을 쓰지 않고 어찌 채색을 할 것이며, 오음[224]을 조율하지 않고 어찌 음률을 이루겠습니까? 지분으로 단장하지 않고 어찌 얼굴을 곱게 꾸밀 것이며, 인의仁義를 닦지 않고 어찌 군자가 되겠습니까? 양낭자가 이랑李郞과 사귀지 않았다면 어찌 아름다운 명성을 남길 수 있었겠습니까? 지금 두 낭자의 말씀은 모두 일컬을 만하지 않습니다. 그러니 잠시 멈추고 제 말씀을 들어 보시기 바랍니다.

'우리 백성을 먹여 살린 건/모두 그대의 지극한 덕이네'[225]라는 말은 저와 아무 상관이 없고, '우물 파서 물 마시고/밭을 갈아 밥을 먹네'[226]라는 말도 저와 아무 상관이 없습니다. 저와 상관이 있

223 나무를 해치지~규장珪璋을 만들겠습니까: 『장자』 「마제」馬蹄에 나오는 말. '희준'犧樽은 제사 때 쓰는 소 모양의 술그릇이고, '규장'은 옥으로 만들어 예식에 쓰는 그릇이다.

224 오음五音: 궁상각치우宮商角徵羽를 말한다.

225 우리 백성을~지극한 덕이네: 『시경』 주송周頌 「사문」思文에 나오는 구절. 「사문」은 만백성에게 곡식을 먹을 수 있게 해 준 후직后稷의 공덕을 찬미한 노래.

226 우물 파서~밥을 먹네: 중국 고대의 노래 「격양가」擊壤歌에 나오는 구절. 「격양가」는 요임금 시절 임금의 존재를 의식할 필요 없이 태평성대를 누리던 백성들이 부른 노래라고 전한다.

는 건 오얏꽃과 복사꽃과 살구꽃이요, 시인과 주가酒家와 창가娼家입니다. 인간세상의 괴로움과 즐거움일랑 모두 흘러가는 강물에 부치고, 옛날 증점曾點이 늦봄에 아이 예닐곱, 어른 대여섯과 함께 무우舞雩에서 바람 쐬고 기수沂水에서 목욕하고자 했던 일[227]을 따르고 싶습니다. 만일 그렇지 않다면 '이 세상에 사는 날이 얼마나 된다고/떠나고 머무는 일을 마음대로 하지 않는가?/부귀는 나의 소원이 아니며/신선이 되기는 기약하기 어렵네'[228]라고 한 도연명의 귀거래[229]를 본받겠습니다. 이런 시가 있습니다.

사람마다 설사 백년 산다고 한들
근심 기쁨 반반이라 백년이 못 되네.[230]
하물며 백년을 기필하기 어려우니
백년 되기 전에 길이 술에 취함이 낫지.[231]

227 늦봄에 아이~했던 일: 공자가 제자들에게 각자 하고 싶은 일을 말해 보라고 한 데 대한 증점의 대답으로, 『논어』「선진」先進에 나온다.
228 이 세상에~기약하기 어렵네: 도연명의 「귀거래사」歸去來辭에 나오는 구절.
229 도연명陶淵明의 귀거래歸去來: 도연명이 녹봉 때문에 상관에게 비굴하게 허리를 굽힐 수 없다며 벼슬을 버리고 고향으로 돌아간 일을 말한다.
230 근심 기쁨~못 되네: 근심의 시간을 제외하면 고작 50년밖에 안 된다는 말.
231 사람마다 설사~취함이 낫지: 본래 권주가勸酒歌로 불리던 시조를 한시로 옮긴 것이다. 『청구영언』青丘永言에 실린 시조는 다음과 같다: "백년을 가사인인수可使人人壽라도 우락憂樂이 중분미백년中分未百年을/하물며 백년 반듯기(기필하기) 어려우니/두어라 백년 전까지란 취醉코 놀려 하노라." 19세기에 나온 「춘향전」 이본인

또 이런 시가 있습니다.

귀 있어도 영수潁水에 귀 씻지 말고[232]
입 있어도 수양산首陽山 고사리 먹지 말라.[233]
혼탁한 세상에선 빛을 감추고 이름 없이 사는 게 귀하니
구름과 달 같은 고고함 어디에 쓰리오.[234]

오늘의 만남은 평생에 다시 얻지 못할 일입니다. 비록 술은 없지만 벌써 시를 읊조렸으니 노래가 없어서야 되겠습니까?"

순홍이 노래를 불렀다.

창랑의 물이 흐리면
내 발을 씻고
창랑의 물이 맑으면

「남원고사」南原古詞에도 "우락중분미백년"憂樂中分未百年 구절이 보인다.

232 귀 있어도~씻지 말고: 요임금이 허유許由에게 왕위를 물려주려 하자 허유가 더러운 말을 들었다며 영수潁水에 귀를 씻었다는 고사가 전한다. '영수'는 하북성河北省의 강 이름.

233 입 있어도~먹지 말라: 은나라가 망하고 주나라가 서자 백이伯夷와 숙제叔齊가 은나라를 향한 절의를 지켜 수양산首陽山에서 고사리를 캐먹으며 살다가 굶어죽었다는 고사가 전한다.

234 귀 있어도~어디에 쓰리오: 이백의 시 「행로난」行路難 3수 중 제3수의 일부.

내 갓끈을 씻으리.[235]

맑음과 흐림에 대처하는 건 스스로 할 일[236]

창랑의 물더러 늘 맑으라 할 수는 없지.

두 번째 곡을 노래했다.

진주로 장식한 신을 신은 삼천 선비

금비녀 꽂은 열두 미인.[237]

사안[238]의 풍류요

공융[239]의 술동이로다.

235 창랑滄浪의 물이~갓끈을 씻으리: 굴원의 「어부사」에 나오는 구절. '창랑'은 강 이름으로, 양자강의 지류인 한수漢水, 혹은 한수의 지류로 추정된다.

236 맑음과 흐림에~할 일: 공자가 「창랑가」를 듣고 한 말에서 따온 구절로, 『맹자』 「이루 상」離婁上에 보인다.

237 진주로 장식한~열두 미인: 『금병매』 제45회에서 인용한 북송北宋의 문인 유영柳永의 사詞 「옥호접」玉蝴蝶의 한 구절. '진주로 장식한 신을 신은 삼천 선비'는 호화로운 차림의 귀빈을 뜻한다. 조趙나라 평원군이 초나라 춘신군春申君에게 화려한 차림의 사신을 보내 춘신군의 빈객들을 만나게 했는데, 춘신군의 빈객 3천 명 중 상등의 빈객들이 모두 진주로 장식한 화려한 신을 신고 있어 평원군의 사신을 부끄럽게 만들었다는 고사에서 따온 말로, 『사기』 「춘신군 열전」春申君列傳에 보인다. '금비녀 꽂은 열두 미인'은 많은 아름다운 기녀를 뜻한다.

238 사안謝安: 동진東晉의 재상. 청년 시절 벼슬길에 나아가지 않고 풍류를 즐긴 것으로 유명하다.

239 공융孔融: 후한後漢의 문신·학자로, 선비와 술을 좋아해서 "자리에 손님이 가득하고 술동이에 술이 비지 않으면 나는 아무 근심이 없다"(坐上客恒滿, 樽中酒不

울 밖의 향기로운 바람에 꽃 그림자 움직이니
미인은 바야흐로 얇은 비단옷을 입네.
살구꽃 성긴 그림자 안에
피리 소리 동이 틀 때까지 이어지누나.
고금의 한이 얼마나 될꼬?
어부의 노래 삼청에 울리니[240]
옛 노닐던 꿈이 푸른 구름에 걸렸네.[241]

세 번째 곡을 노래했다.

옥쟁반에 진주가 구르듯
내 마음 정처 없네.[242]
배움의 바다에 빈 배를 띄워도

空, 吾無憂矣)라는 말을 한 바 있다. 『후한서』後漢書 「공융 열전」孔融列傳에 관련 고사가 보인다.

240 살구꽃 성긴~삼청三淸에 울리니: 송나라 진여의陳與義의 사詞 「임강선-밤에 작은 누각에 올라 예전 낙양에서 노닐던 일을 추억함」(臨江仙-夜登小閣憶洛中舊游)에서 따온 구절. '삼청'은 도교에서 신선이 산다고 하는, 하늘에 있는 세 궁궐 옥청玉淸·상청上淸·태청太淸을 말한다.

241 옛 노닐던~구름에 걸렸네: 북송北宋 때 문인 하주賀鑄의 사詞 「임강선臨江仙-입춘」에서 따온 구절.

242 옥쟁반에 진주가~정처 없네: 당나라 장조張潮의 악부시 「양양행」襄陽行에서 따온 구절.

낭군의 뜻 좇을 수 없네.
그대는 즐겁게 영원한 청춘 누리며[243]
한 잔에 또 한 잔에 또 한 잔 드시길.[244]

순홍의 노래가 끝나자 양파가 서글피 말했다.

"저는 누추한 곳에 태어나 자랐기에 번화한 자리를 본 적이 없답니다. 오늘 저를 위해 시를 읊조리고 노래를 해 주시니 반나절의 이 고마움을 어떻게 갚아야 할는지요?"

그러고는 상자에서 향기로운 비단 수건 두 개를 꺼내 두 기생에게 나눠 주며 말했다.

"실로 천고의 세월이 지나도 지금 이 훌륭한 자리를 잊지 못하겠기에 이 보잘것없는 물건으로 정을 표하고 싶습니다. 낭자들의 상자 속에 이런 물건이 없으리라 여겨 드리는 게 아니고, 이 물건이 낭자들의 안목에 찰 것이라 여겨 드리는 것도 아닙니다. 다만 잊지 않겠다는 뜻에서일 뿐이니, 누추한 물건이라고 거절하지 말아 주시기 바랍니다."

두 기생이 받고 웃으며 말했다.

"중요한 건 정이지 물건이 아닙니다. 사양하는 건 만남의 예가 아니기에 받겠습니다."

243 그대는 즐겁게~청춘 누리며: 북송 하주의 사詞 「안후귀」雁後歸에서 따온 구절.
244 한 잔에~잔 드시길: 이백의 시 「산중대작」山中對酌에서 따온 말.

마침내 각자 감사 인사를 하고 헤어졌다.

양파의 가마가 예조禮曹 문을 나서자 구경하던 이들 중에 감탄하며 넋이 나가지 않은 자가 없었다. 오입쟁이들은 서로 탄식하며 말했다.

"양파를 거의 다 삼켰다가 다시 토해냈으니 절통하기 짝이 없군!"

누군가 말했다.

"이런 인물을 어찌 여령들과 동렬에 둘 수 있겠나?"

윤사과가 그 말을 듣고 말했다.

"오늘 공연히 이형을 위해 타령을 했소."[245]

상진이 말했다.

"조금 전에 소인이 아니었으면 이서방님이 낭패를 당하셨을 겁니다. 그중 하나가 소인에게 '저 양반이 누구요?'라고 하더군요. 소인이 '부원군[246] 댁의 이러이러한 분이시다'라고 가르쳐 줬더니, 그 말을 들은 자들이 모두 그 위세에 눌려 꼬리를 내렸습니다."

안동에 도착하니 벌써 아침 밥상을 차려 놓았다. 그중에서도 양파의 밥상을 특별히 신경 써서 차렸기에 양파는 감격을 이기지

245 오늘 공연히~타령을 했소: 윤사과가 이생을 위해 예조의 예쁜 기생들을 불러와 놀려고 했기에 한 말.

246 부원군府院君: 왕비의 아버지. 여기서는 민비의 부친 민치록閔致祿(1799~1858)을 가리킨다. 민치록은 의금부 도사, 덕천 군수 등을 지냈는데, 죽은 뒤에 무남독녀가 고종의 비가 되면서 영의정 및 여성부원군驪城府院君에 추증되었다.

못했다. 식사를 마친 뒤 저마다 담뱃대를 들고 양파와 함께 안으로 들어가 안채부터 사랑채까지 집 전체를 구경하고 감고당[247]에 이르렀다. 이생이 금글씨로 쓴 현판을 가리키며 말했다.

"이건 어필[248]이오. 여기가 바로 예전에 민중전[249]께서 거처하시던 곳이라오."

양파는 즉시 계단에서 내려와 네 번 절했다.

산에 있는 정자에 가니 신기한 새와 짐승들이 뛰놀고 기이한 화초가 좌우에 늘어서 있었다. 이생이 영산홍 한 가지를 꺾어 양파에게 주며 말했다.

"이 꽃이 예전에 낭자가 내게 준 봉선화에 비하면 어떻소?"

"정말 세상의 빼어난 꽃입니다!"

"낭자와 내가 이 꽃과 같이 영화롭게 살면 어떻겠소?"

"서방님은 머잖아 반드시 이 꽃처럼 영화를 누리실 겁니다. 저는 이번 생에서는 글렀어요."

오후가 되자 양파가 떠나겠다고 했다. 민참봉이 잠시 기다리라고 하더니, 이윽고 숙설소[250]에서 큰 상에 차린 진수성찬이 나왔다.

247 감고당感古堂: 숙종이 인현왕후의 친정을 위해 서울 종로구 안국동에 지어 준 집. 인현왕후가 폐위되었다가 복위할 때까지 5년 동안 이곳에 거처했다. 훗날 인현왕후의 5대손인 민비 역시 경기도 여주에서 올라와 가례嘉禮를 올릴 때까지 이곳에 거처했다.

248 어필御筆: 임금의 글씨. 여기서는 영조英祖가 쓴 '감고당' 현판 글씨를 말한다.

249 민중전閔中殿: 민비를 말한다.

민참봉은 음식에 일절 젓가락을 대지 않고 양파더러 모든 음식을 가져가라고 했다. 양파는 거듭 감사 인사를 하고 떠났다. 이생이 민참봉에게 말했다.

"저를 위하는 형의 마음이 참으로 각별합니다. 어쩌면 이리도 잘해 주십니까?"

민참봉이 말했다.

"형을 위하는 마음 때문만이 아닙니다. 양파의 행동을 접하고 보니 이렇게 하지 않을 수 없군요."

그 뒤 이생이 작은대전골의 양파 집을 처음 방문하자 양노인이 양파의 방으로 맞아들였다. 두 사람이 마주하니 그 기쁨을 알 만했다. 양파가 말했다.

"서방님이 사방에 얼마나 저를 자랑하셨는지 알았답니다."

"무슨 말이오?"

"지난번 민참봉이 '양파가 아닌지요?'라고 하셨으니, 이 어찌 서방님이 자랑하신 결과가 아니겠습니까?"

이생이 웃었다.

이생은 4월에 낙향했다가 6월에 다시 서울에 왔다. 이때는 서양 오랑캐들에 대한 경보警報가 매우 급박해서 서울의 여러 집들이 모두 시골로 피난 갔는데,[251] 양파의 집도 그중에 있었다. 그 뒤로 소

250 숙설소熟設所: 궁중에서 큰 잔치의 음식을 준비하기 위해 임시로 설치했던 주방을 이른다. 당시 민비의 가례가 있었기에 설치된 것으로 보인다.

식이 완전히 끊겼으니 '서양풍西洋風에 날아갔다'고 이를 만하다. 이생도 다시 고향으로 내려가 그 뒤로는 어찌되었는지 모른다. 훗날 중약과 영필에게 듣자니 양파와 중약은 정을 통하지는 않았지만 뒤에 상면해 매우 가까이 지냈다고 한다. 또 들으니, 양파가 본 남편을 저버렸으며 그 뒤의 행방은 알지 못한다고 했는데, 정말 그런지는 알 수 없다.[252]

정공보鄭公輔는 말한다.

"옛날 황제가 필부를 벗으로 삼고 대장군이 빈객賓客에게 읍한 일[253]은 있으나, 미인이 벼슬하지 못한 선비를 벗으로 삼은 일은 들

251 서양 오랑캐들에~시골로 피난 갔는데: 1866년 10월 전후의 병인양요丙寅洋擾 당시 상황을 말한다. 병인양요는 1866년 초 흥선대원군이 천주교 금지령을 내리고 프랑스 신부와 선교사들을 처형한 데 대한 보복으로 로즈Roze가 이끄는 프랑스 함대가 강화도 일대를 침략한 사건이다. 로즈 함대는 서울 양화진楊花津과 서강西江까지 올라와 수로를 탐사한 뒤 강화도를 점령했으나 제주 목사 양헌수梁憲洙 등의 활약으로 격퇴 당했다.
252 훗날 중약과~알 수 없다: 서술자의 이 말을 통해 작자가 중약이나 영필과 아주 가까운 사람임을 알 수 있다. 그래서 작자 정공보가 혹 이생의 친구 정생鄭生이나 그 주변 인물은 아닌지 의심해 봄직하다.
253 황제가 필부를~읍揖한 일: 맹자는 요임금이 신하 순舜과 번갈아 주인과 손님이 되었던 일을 황제가 필부를 벗으로 삼은 예로 든 바 있는데, 이는 『맹자』「만장하」萬章下에 보인다. 한나라 무제 때의 직신直臣 급암汲黯이 대장군이자 황후의 동생인 위청衛靑을 대등한 예로 대했는데, 어떤 이가 그 잘못을 지적하자 급암은 대장

어본 적이 없다. 그러니 양소부楊少婦는 과연 미녀 중에 의기를 지녀 협객이라고 일컬을 만하다. 또 '한참 동안 얼굴빛이 어둡더니 다시 한참 동안 고개를 숙이고 눈물을 흘렸다'[254]라는 구절로 보건대 결코 시속의 관례로 대우해서는 안 될 사람[255]이다."

큰 바다를 보고 나면 다른 물은 성에 안 차고
무산巫山의 구름이 아니면 구름이라 할 수 없네.
꽃에게 전후 사정 묻노니
반은 봄빛 때문이요 반은 그대 때문이라네.[256]

군이 빈객에게 읍하는 것이 오히려 대장군의 존귀함을 더한다고 대답했다는 고사가 『사기』「급정 열전」汲鄭列傳에 보인다.

254 한참 동안~눈물을 흘렸다: 본서의 93면에 나오는 말이다.

255 시속時俗의 관례로~안 될 사람: 하층의 비천한 여자로 대해서는 안 될 사람이라는 뜻.

256 큰 바다를~그대 때문이라네: 당나라 시인 원진元稹의 시 「이사」離思(그리움) 5수 중 제4수를 몇 글자 바꾸어 인용한 것이다. 「이사」는 원진이 죽은 아내를 추도한 시라는 설이 유력한 가운데 「앵앵전」鶯鶯傳의 주인공 최앵앵을 그리며 쓴 시라는 설도 있다. 앞의 두 구절은 「이사」를 그대로 옮겼고, 뒤의 두 구절은 「이사」의 "무심히 꽃들을 돌아보지 않는 까닭은/반은 도를 닦아서고 반은 그대 때문이지"(取次花叢懶回顧, 半緣修道半緣君)라는 구절을 일부 고쳤다. 여기서 '큰 바다'(滄海)와 '무산의 구름'은 새로운 사랑을 할 수 없을 정도로 잊을 수 없는 깊은 사랑을 은유한 말이다.

원문

布衣交集

詞

一片夢朝雲暮雨,[1]
長相思碧水青山.
從古紅顔多薄命,
英風無限起人間.

國而臣爲君忠, 家而妻爲夫貞, 外而交爲友信, 古今之盛福也. 此皆非骨肉, 而情踰兄弟, 恩踰親戚者, 以其所遇待之殊禮也. 故豫讓本非智伯之臣, 而效忠於趙, 荊卿本非燕丹之友, 而慕義於秦, 皆喪身殞命, 而無悔者, 豈非奮發忠義而成名耶? 然而其所使者, 亦許其氣義而有殊遇, 能致人之死節, 奚特骨肉

1　一片夢朝雲暮雨: 송옥宋玉의 「고당부 서」高唐賦序에 나오는 말.

云哉?

諺曰: "誰爲爲之, 孰令聽之?" 盖鍾子期死, 伯牙終身絶絃, 不復鼓琴; 郢人之亡, 匠石永世輟斤, 不復妄斲. 何則? 士爲知己用, 女爲說己容. 故老子曰: "貴知我者希."[2] 揚子曰: "聲之妙者, 不可同於衆人之耳; 形之美者, 不可混於世俗之目."[3] 夫以聲形之極, 猶尙如此, 況其心志之所相合耶? 志意一合, 則雖蘇、張更生, 不能間其間, 羽、布更起, 不能奪其節, 豈可以利祿動哉? 紅顔之美, 人所易合, 而布衣之交, 從古難得. 故述此篇, 以助一場之笑, 而及其至也, 天地神明, 亦常許其誠而感應, 則造物亦能猜忌乎? 讀此者, 庶可能憶師曠之調鍾, 竢知音者之在後歟!

湖西有李生者, 簪纓族也. 才踈而難容, 志擴而未充. 年過不惑, 家業樗散,[4] 爲鄕里賤棄, 每有山水之勝, 雖身上緊急, 必棄而往觀焉. 同治甲子, 以結姻於世道, 意欲自赴於雲路,[5] 遊洛數

2 貴知我者希: 『노자』老子에 "나를 아는 자는 드물고, 나를 본받는 자는 귀하다"(知我者希, 則我者貴)라는 말이 보인다. 한나라 양웅揚雄의 「해난」解難에 "貴知我者希"라는 말이 나오는데, 여기서는 이 말을 취했다.

3 聲之妙者~世俗之目: 「해난」에는 "聲之眇者, 不可同於衆人之耳; 形之美者, 不可棍於世俗之目"으로 되어 있다.

4 樗散: 재질이 나쁜 가죽나무처럼 버려진 것을 이르는 말.

月, 與諸僚時翫江山, 述作殆將盈篋焉.

同郡有張進士者, 亦有志於要津, 逗留京師. 時南村 張承旨家, 有無后之族, 取以爲養子, 而李生頗有力勸焉. 張進士旣爲繼后於仕宦家, 則自念在鄕則難於進效, 遂移其家京城南村之竹洞, 而邀李生, 同爲宿食, 消遣寄寓之愁懷矣. 此家亦一區之大宅, 行廊十餘戶, 大門中門巍巍然, 若宰相家焉. 曾是李判書宅, 而中間浮爲中人所居, 中人不能容, 爲張進士所賣也. 有內外私廊, 張進士處內私廊, 而外私廊則自前主人, 已許僦於一老婆號堂婆.

時値六月, 李生方抄『搢紳錄』, 不堪盛炎, 乃掃外私廊之西軒而處, 卽與堂婆之居, 隔數壁, 時時與堂婆, 問其風俗及廊底生涯焉.

張進士必晝則相會談笑, 而每朝日晏, 薰[6]氣蒸人, 行廊之諸女, 無論老少, 盡會於中門內虛廳, 或針線, 或彈綿, 或搗砧, 而那虛廳壓近西軒, 李生每有慊然, 而其女輩小無嫌焉, 故日復日, 無難相對矣. 大抵京師與鄕谷[7]有異, 事事疏脫故也.

中有一美少新嫁娘, 年可十六七, 容色嬌艶, 態度嬋娟, 却嫌脂粉, 澹掃蛾眉. 上穿粉紅薄羅衫, 下垂淡碧輕紗裙, 綠雲鬢揷

5 雲路: 벼슬길.

6 薰: 원문에는 "勳"으로 되어 있으나 바로잡았다.

7 鄕谷: '鄕曲'을 흔히 이렇게도 표기한다.

金鳳釵, 白綾襪着繡唐鞋, 輕盈越國翡翠扇, 窈窕藍田明月璫, 行止逍遙, 玉音琅珊, 一步可以傾人城, 一笑可以傾人國, 鋪上黃茵席, 彈下白雪綿, 望之若玉京[8]仙娥遨遊於雲端矣, 若非盧家金堂之少婦,[9] 必是宋氏東墻之窺女.[10] 芙蓉卓姬[11]之顔, 楊柳小蛮之腰,[12] 濃粹粧靜, 高妙秀朗. 慷慨若花裡送郎惹悔之態, 娉婷若柳梢待月鎖恨之貌, 巧笑倩兮, 能令人蕩, 美目盼兮, 能令人傷. 李生雖過貪色之齡, 一見驚奇, 十分恍惚, 不勝春情, 豪興自動.

如是數日, 意惹心牽, 忍耐不得, 乃招堂婆近前, 指其少艾而問曰:

"彼何女子?"

堂婆笑而對曰:

"書房主, 緣何而問之耶? 有所欲而然耶? 此乃廊底居人楊

8 玉京: 도교道教에서 옥황상제가 산다는 곳.

9 盧家金堂之少婦: 육조시대六朝時代 양梁나라 무제武帝 소연蕭衍이 지은 「하중지수가」河中之水歌에 "洛陽女兒名莫愁, (…) 十五嫁爲盧家婦. (…) 盧家蘭室桂爲梁, 中有鬱金蘇合香" 구절이 보인다. 또 당나라 심전기沈佺期의 시 「독불견」獨不見에도 "盧家少婦鬱金堂, 海燕雙棲玳瑁梁"이라는 구절이 있다.

10 宋氏東墻之窺女: 전국시대 초楚나라 송옥宋玉의 「등도자호색부」登徒子好色賦에서 따온 말.

11 卓姬: 탁문군卓文君.

12 楊柳小蛮之腰: 당나라의 시인 백거이白居易의 시 「만춘주성심몽득시」晩春酒醒尋夢得詩 중 "櫻桃樊素口, 楊柳小蠻腰"에서 따온 말. '蛮'은 '蠻'의 속자俗字.

家之婦也. 稱楊少媍,[13] 而其性驕昂, 不與傍人接語也, 書房主不可妄意也. 年今十七, 其夫年十九, 本是南寧尉宮侍婢, 其媤父老楊, 捐帛贖[14]來, 作爲子媍. 而未嫁之前, 宮外一美童, 慕其姿[15]色, 欲爲偸窺, 彼娘不聽. 厥童因此成病將死, 童之父母呼而亟請, 彼娘終不聽, 從以致厥童之死, 其魂付于一宮姥, 宮姥成狂, 晝夜毆打. 彼娘避之于江, 爲彼老楊之贖,[16] 來此者纔一年也. 又其媤父, 性苛多察, 豈敢外行也?"

時張進士及進士養家庶五寸字士先者, 俱在座嗟歎. 且有相從客子, 爲尋訪李生與主人而來者, 必躡中門, 然後到西軒, 客之接見其容貌者, 莫不奪氣焉. 李生向慕不已, 乃作號楊少婦爲楊婆, 由是, 擧皆號爲楊婆焉.〔婆, 女之老称也. 若直以少媍称之, 則恐掛於他人聽聞故也.〕[17] 廳直永必亦曰:

"小人自居此以來已數朔, 彼女一不顧瞻, 言語何敢及哉?"

李生亦看氣色, 冷若秋霜, 而非但年紀不少, 且家有少妻, 雖在旅館之寒燈, 何可念及花奸哉? 然其色則歆羨也.

自中門至內門, 中有遮面一墻, 而爲風雨所壞, 無形止. 外有

13 媍: '婦'와 동자仝字.

14 贖: 원문에는 "續"으로 되어 있으나 바로잡았다.

15 姿: 원문에는 "恣"로 되어 있으나 바로잡았다.

16 贖: 원문에는 "續"으로 되어 있으나 바로잡았다.

17 婆, 女之老称也~他人聽聞故也: 작자가 붙인 협주夾注이다. 이하 본문에 삽입된 협주와 상단 난외欄外의 두주頭注는 〔 〕로 묶어 제시한다.

大井, 井幹相望於西軒. 汲水之漢, 日以十數, 而曾是中人之居, 汲漢無難往來, 且吸烟竹, 諠譁無嚴. 李生大憎之, 卽呼廊漢, 捉致汲漢數名, 或瓦而跪之,[18] 或伏而杖之. 如是數次, 其儀嚴肅, 自此無敢亂言失禮者, 且廊中諸男漢, 亦不敢近中門現影焉.

其翌日, 主人與永必出他, 而士先適來在座矣. 士先居于慕華舘近處, 日見閑良輩誤入之事, 凡於男女酬酌, 善充機數者也. 當下[19]小婢達今, 自內持酒饌, 獻于李生, 別告李生曰:

"昨夕, 楊婆私謂小的曰: '彼西軒坐定之書房主, 於進士主爲誰耶?' 小的答曰: '同鄕之親友李書房主也.' 楊婆曰: '眞兩班也! 今觀號令於汲漢, 若非士夫氣像, 豈可如是耶? 年歲幾何?' 小的答曰: '殊不知, 然而意四十也.' 楊婆曰: '必文章也.' 小的答曰: '然矣'云云. 彼女之向慕, 不小於書房主也."

盖達今年到十四, 自外鄕, 亦慣於男女之幾[20]微者也. 士先聞之, 笑而觸生曰:

"可以一次引之也."

生曰:

18 瓦而跪之: '궤와편'跪瓦片을 말한다. 기와 조각 위에 무릎을 꿇게 하는 형벌이다.

19 當下: 바로 그때.

20 幾: 원문에는 "奇"로 되어 있으나 바로잡았다.

"有主之物, 何可任意動之耶?"

如是數日, 爲楊婆所迷, 若飮醇醪, 不覺沉醉, 自然雙眼低回,[21] 不能定情. 適楊婆臨井邊戽水, 生內癢不住, 卽呼而請一瓢水. 楊婆小無難色, 卽浮淸滿瓢而到, 獻于軒下. 生出給床頭硯滴, 使之入水. 楊婆受而納水, 見硯滴水曾滿矣, 而言曰:

"硯滴之內, 水不曾縮, 而又何呼水耶?"

生曰:

"藥房非不有蔆, 而故又儲之者, 待後日之用也. 娘非我, 安知我之心哉?"

楊婆笑而去. 時廊底諸女, 見此狀而無恠焉, 以其生之號令方肅故也. 自此, 女亦知生不能無情, 每怡其顔色, 瞻仰巧笑. 時生方抄册書, 廊中語曰:

"彈綿楊少媍, 二日不成一掌絮; 謄册李郎君, 終朝難卒單張書. 兩兩相看念, 不及於所工也."

一日, 忽楊婆手摘一枝鳳仙花, 投于生前而過, 與堂婆相語良久, 回至西軒謂生曰:

"俄間之花, 何如耶?"

生已將其花, 挿于硯滴之口矣. 生曰:

"此花美則美矣, 不及娘之美也."

21 回: 원문에는 "向"으로 되어 있으나 바로잡았다.

楊婆曰:

"此花雖美, 抑有可惜, 故難於獨賞, 折而投于案下, 郎君能知妾惜花之意耶?"

生曰:

"吾豈不知乎? 此花禀得精秀之妙, 近於閨閤, 爲佳人之所愛賞. 然不久爲秋風所零, 豈非可憐哉? 故古詩有'東園桃李片時春'之句, 以對'娼家少娘不須嚬'之詞也. 今我雖乏銀鞍繡轂繁華之物, 願娘不可爲嚬也."

楊婆嘆曰:

"郎非妾, 安知妾惜花之意也?[22] 夫桃李爭姸, 楊柳誇綠, 秋來蕭索, 乃天地之常數也, 但何惜之有乎? 此花嫩紅芳姿, 令人可愛, 而生乎宮苑, 則必爲公子王孫之賞, 生乎戚里,[23] 則必爲名公巨卿之娛, 生乎閭巷, 則必爲村童牧竪之折也. 同是芳香, 而或爲貴人之愛, 或爲村牧之愛, 豈非所生之地異耶? 是以可惜也. 人之生亦類是也, 近於王都者, 必登科成貴, 豈才德之有勝哉? 生乎遐鄕者, 必貧賤迂濶, 豈精誠之不逮哉? 女子亦然, 生乎士夫宅者, 必爲閑雅之淑人, 生乎匹夫家者, 必爲糟糠之庸

22 郎非妾, 安知妾惜花之意也: 앞서 이생이 물이 가득한 연적에 채울 물을 떠오라고 한 이유를 설명하며 양파에게 "娘非我, 安知我之心哉?"라고 했던 말을 흉내 낸 것이다.

23 戚里: 장안長安(서안西安)에 있던 마을 이름. 한나라 고조高祖가 인척들을 모두 이곳에 모여 살게 했기에 임금의 외척外戚이라는 뜻으로 쓰인다.

婦, 豈貌德之不相及哉? 使處地而然也. 是以妾看此花之美, 而惜郎君之誠, 惜郎君之誠, 而歎女子之賤也. 故花可惜, 而郎亦可惜, 妾亦可惜也. 妾不暇自惜, 而欲使郎君亦可自惜, 而郎君亦不可自惜, 兼惜妾之不得可也. 故折而獻之, 又訴妾之心曲也. 若夫春明之花, 乘秋零落, 從古而然也, 何恨之有? 世間豈有長生之人乎?"

言罷, 生旣美其色, 又美其言, 不覺欣然敬服曰:

"娘果非閭巷間匹婦也! 願娘從此, 始令此花作一媒婆, 何如?"

時堂婆顚倒而至曰:

"何酬酌之支離乎?"

楊婆見之, 旋然起身而去. 生謂堂婆曰:

"何作魔之甚乎?"

堂婆曰:

"老身非魔障[24]也, 卽成事之客也. 郎君有所意耶?"

生曰:

"古語云: '色近難避.' 今有門前之色, 而豈可捨之?"

堂婆曰:

"俄看楊婆之氣色, 果不冷落, 必然向意也. 然以楊婆之絶美,

24 障: 원문에는 "嫜"으로 되어 있다.

方物商婦, 連續不絶, 甘言利說誘之者甚衆, 大家豪少金帛如山, 一不聽許矣. 今書房主, 有何貴人之相, 而彼女如是自媒乎? 是誠可怪矣."

主人忽携諸客而到, 堂婆乃去. 生自此, 心尤不已, 將楊婆之言, 一一刻記于懷, 不思而自憶, 欲忘而難忘.

過一二日, 早飯後, 楊婆忽近西軒, 投一花箋而過, 復與堂婆相言. 生卽收其花箋披看, 則筆才無可称, 而寫詩二首, 效古體也.

少年重然諾,
結交遊俠人.
腰間玉轆轤,[25]
錦袍雙麒麟.
朝辭明光宮,
走[26]馬長樂阪.[27]
沽得渭城酒,
花間日將晩.
金鞭宿娼家,

25 轆轤: 녹로검轆轤劍.

26 走: 『난설헌시집』蘭雪軒詩集에는 "馳"로 되어 있다.

27 阪: 『난설헌시집』에는 "坂"으로 되어 있다.

行樂長[28]留連.
誰憐揚子雲,
閉戶[29]草『太玄』?

其下首曰:

石上梧桐樹,
寄根歲月深.
玉斧時成斫,
鏤作七絃琴.
琴成彈一曲,
擧世無知音.
所以「廣陵散」,
千古聲湮沉.[30]

年月日, 薄命妾楚玉上書.[31]

28 長: 『난설헌시집』에는 "爭"으로 되어 있다.
29 戶: 『난설헌시집』에는 "門"으로 되어 있다.
30 石上梧桐樹~千古聲湮沉: 허난설헌의 「견흥」遣興 8수 중 제1수를 일부 고쳐 옮겼다. 앞의 네 줄은 고쳤고, 뒤의 네 줄은 그대로 가져왔다. 「견흥」 원문은 다음과 같다: "梧桐生嶧陽, 幾年傲寒陰. 幸遇稀代工, 劚取爲鳴琴. 琴成彈一曲, 擧世無知音. 所以「廣陵散」, 終古聲堙沉."

李生覽畢, 驚奇叵[32]測:

'眞是所作耶? 抑亦他人之作耶? 歷思古詩, 而此等體格, 今始初見也. 但知其色態之美、言語之慧而已, 又安知抱負能如是絶世耶? 古之蔡琰、文君, 以大家而成文章, 薛濤、紅線, 以娼妓而能工夫, 豈期一廊人之婦而有如是者歟? 令人可敬而不可狎,[33] 可交而不可褻也. 上言生之不向豪俠繁華而取高明倘玄之意. 下言渠之不得於人世, 雖有抱負, 莫有知[34]音之賢士也. 暗觀其妙旨, 則昔之富家翁歎東里少年安所如出無車馬、食無魚[35]之事也. 詞音絶非今世人之所可能也, 意者, 抄古詩中句, 而以比吾兩人之不得也. 然雖非渠所作, 其抄出之妙, 如是之明且盡者, 無異自製也. 豈不可以師表待之乎?'

於是, 心獨喜自負曰:

'若非愛我之至深, 那能及此綢[36]繆哉?'

讀誦不已, 深藏于篋, 而恐使人知之也. 切欲和之, 而詩才莫

31 書: 원문에는 "云"으로 되어 있으나 바로잡았다.

32 叵: 원문에는 "洰"로 되어 있다.

33 狎: 원문에는 "壓"으로 되어 있으나 바로잡았다.

34 知: 원문에는 "和"로 되어 있으나 바로잡았다.

35 昔之富家翁~食無魚: 당나라 시인 고적高適의 「행로난」行路難에서 따온 말. 「행로난」 전문은 다음과 같다: "君不見富家翁, 舊時貧賤誰比數. 一朝金多結豪貴, 萬事勝人健如虎. 子孫成行滿眼前, 妻能管弦妾能舞. 自矜一身忽如此, 却笑傍人獨愁苦. 東鄰少年安所如, 席門窮巷出無車. 有才不肯學干謁, 何用年年空讀書."

36 綢: 원문에는 "周"로 되어 있다.

能副萬一, 故未遂, 而乃使人貿玉指環一雙､淸心丸五介､蘇合元十枚, 賫于唐紙,[37] 令堂婆往傳於楊婆而言:

“詩則才不敢唱和, 只以薄略數種表情, 而庶幾作一時淸暑之資.”

堂婆因無人之時, 如其言往傳於楊婆, 楊婆受而服佩云矣.

過三兩日, 楊婆又近西軒, 投一花箋, 生欲呼與言, 而已走不顧矣. 乃披其箋, 又有二首詩云:

君知妾有夫,
遺妾雙玉環.
感君勤用意,
着在纖指端.
妾家高樓連市起,
阿郎販豆小肆裡.
知君用誠如日月,
事夫誓擬同生死.
攀君玉環雙淚垂,
何不相逢未嫁時?[38]

37 唐紙: 중국산 종이.

38 君知妾有夫~何不相逢未嫁時: 당나라 장적張籍의 시 「절부음」節婦吟을 일부 고쳐 썼다. 「절부음」 원문은 다음과 같다: “君知妾有夫, 贈妾雙明珠. 感君纏綿意,

其下首曰:

欲還君所賜,
恐謂妾情薄.
妾情雖不薄,
將起是非惡.
莫以物不還,
妄意有佳約,
佳約非所難,
恐誤郎君學.
賤妾休掛懷,
務作功名客.
爲君祝願長,
可意伊時樂.
功成名立場,
勿負蘇妻託.

生卽聳肩而讀罷, 自解上篇, 乃自以出嫁之身, 不敢妄意他郎, 然而其所天, 卽商賈無識之徒, 不合於心, 故落句有'何不'

繫在紅羅襦. 妾家高樓連苑起, 良人執戟明光裏. 知君用心如日月, 事夫誓擬同生死. 還君明珠雙淚垂, 何不相逢未嫁時?"

二字. 其下篇嘆李生之致意有誠, 而不知娘之心事, 必勉進學業以成他日之約. 然蘇妻之託未詳, 欲相近而叩之, 奈地邇人遐, 安得有接言之道乎?

躊[39]躇良久, 乃招堂婆謂曰:

"楊婆有所寄詩, 才不下於古人. 吾願從學而末由相接. 願堂婆爲我致此意, 道我無他意, 欲相逢也."

堂婆如其言往傳於楊婆, 則以今夜罷漏後, 相期於堂婆之家. 生喜不自勝, 但嫌簷日之長長, 箭漏[40]之遲遲. 今夕何夕? 卽流火[41]之望前二日也. 是時張進士已下鄉, 而李生付家書, 自念曰:

'吾家有少妻, 而又復用花奸, 則神明似憎, 此將奈何? 今夜逢迎之際, 切不可言內, 先言外事, 以觀楊娘之俯仰.'

是夜, 月白風淸, 凉露横降, 虫語苦吟, 鄕思冉冉, 不堪怊[42]悵. 直至四更[43]點頭,[44] 曉鍾隆隆, 山月欲暮. 於是, 廊底諸漢, 罷睡而起, 各負支機,[45] 出江貿物而去, 楊婆之夫, 亦在其中矣.

39 躊: 원문에는 "疇"로 되어 있으나 바로잡았다.

40 箭漏: 물시계.

41 流火: 음력 7월의 별칭.

42 怊: 원문에는 "招"로 되어 있으나 바로잡았다.

43 四更: '五更'의 잘못.

44 點頭: '점'點은 시간을 세는 단위로 경更의 5분의 1에 해당한다. '두'頭는 초입初入을 뜻한다.

45 支機: 우리말 '지게'의 음사音寫.

已而[46]暫寂, 遠村鷄聲喔喔, 忽聞曳履之聲, 自長廊而過西軒. 俄而, 堂婆來侵生. 生方展轉不寐, 然而故作沉睡之狀, 待堂婆强起再三, 然後始起身從往, 見楊婆在座, 直入執手逼坐曰:

"幾日經營始得一面耶!"

楊婆曰:

"如此身世, 有何相逢之早晩乎?"

生乃携到至西軒, 謂曰:

"七夕已過, 吾輩猶如此相逢, 當笑牛、女[47]矣."

楊婆曰:

"牛、女歷千秋萬劫, 猶留餘約. 吾輩一散之後, 安能復接影響耶?"

生曰:

"牛、女之逢, 雖然如此, 吾輩今日明日, 當盡牛、女後日之約, 不亦可乎? 然而娘以何時得成文章耶?"

楊婆曰:

"妾幼時, 侍於南寧尉宅別駕.[48] 別駕以女中詩人, 謂妾有才, 敎之不怠. 妾是以, 『通』,[49]『史』[50]及『詩傳』、『孝經』、『古文』[51]等書,

46 已而: 원문에는 "而已"로 되어 있으나 바로잡았다.

47 牛、女: 견우牽牛와 직녀織女.

48 別駕: 한나라 때는 자사刺使의 보좌관을, 조선 시대에는 승정원承政院의 서리胥吏를 이르는 말인데, 여기서는 후실後室, 즉 첩을 가리키는 것으로 보인다.

49 『通』: 『통감절요』通鑑節要.

無不誦傳, 古詩亦往往持論, 而我國『蘭雪軒集』, 至于今口習耳. 妾情願得一文章之士, 晝夕談論以送一生矣. 事乃有大謬不然者, 擇錦而逢布, 如是流落, 幸逢郎君, 欲罄所蘊, 故略示微章. 郎君不以妾卑鄙, 遂許胸襟, 妾不勝感激, 如是相會耳."

生曰:

"吾學雖不薄, 莫能曉蘇妻托也."

楊婆曰:

"不讀「蘇秦傳」耶?"

生曰:

"吾誦之久, 而未之見也."

楊婆曰:

"豈不云乎? '妻不下機'者, 是也. 其妻非不知事夫至誠, 然而別來數歲, 始得相逢, 有不下機之慢, 則蘇秦豈無自傷之慙乎? 是以發憤讀書, 幷相六國, 此非其妻使之耶? 妾亦以此寄于郎君, 使郎君知妾向郎君之誠也. 郎君功成之後, 幸無忘今日也."

時曙色啓東, 楊婆遂起身而去. 生遂就席念:

'今夜相對, 應有修好, 而卽虛送, 乃吾之拙, 而娘能無懷慍之色耶?'

50 『史』: 『사략』史略, 곧 『십팔사략』十八史略.

51 『古文』: 『고문진보』古文眞寶.

日晏方起梳洗矣, 忽堂婆來傳一書, 卽楊婆之筆也. 坼[52]封視之, 書曰:

『詩』云: "採葑採菲, 無以下體",[53] 眞郎君之謂也. 妾有菲薄之質, 輕千金之軀, 遂許郎君之請, 暮夜無知, 執手相對, 將謂玉瑕而珠玷矣, 豈期瓦全[54]而花貞也? 昔楚伯王,[55] 五年不顧於呂后之帳, 關雲長, 明燭達曉於二嫂之庭, 凜凜大節, 亘古未有, 豈意今日又見郎君哉? 色界上元無英雄烈士之說, 信知虛言也. 夫蘧伯玉不以冥冥閉節, 卜子夏能以賢賢易色,[56] 今郎君不愛妾之色, 而能愛妾之賢, 推此可知. 妾何福能見伯玉、子夏似之君子於今世之上乎?[57] 眞妾之所願從游也. 然后能無愧乎天地, 無愧乎神明, 亦無愧乎古今. 夫鳳飛千仞, 飢

52 坼: 원문에는 "折"로 되어 있다.

53 採葑採菲, 無以下體: 『시경』 패풍邶風 「곡풍」谷風의 한 구절.

54 瓦全: 『북제서』北齊書 「원경안전」元景安傳에 "大丈夫寧可玉碎, 不能瓦全"이라는 말이 보인다.

55 楚伯王: 항우項羽. '伯'의 음은 '패'다.

56 卜子夏能以賢賢易色: 『논어』 「학이」學而에서 공자의 제자 자하子夏가 한 말. 『논어』의 해당 구절은 다음과 같다: "子夏曰: '賢賢易色, 事父母能竭其力, 事君能致其身, 與朋友交言而有信. 雖曰未學, 吾必謂之學矣.'"

57 妾何福能見伯玉、子夏似之君子於今世之上乎: 정통 한문이 아니라 거의 우리말 어순에 따라 쓴 구절. 특히 '似' 자는 한문 문법에 맞지 않는다.

不啄粟, 丈夫之氣槩, 郎君豈不誠大丈夫哉!

覽畢, 李生自縮於心曰:

'昨宵之過, 果是庸拙也, 而其辭緣如是峻峻, 必日後難副此意也.'

其夜楊婆又到西軒, 相與談笑良久而去. 第三夜四更分, 楊婆又來, 與之憑欄, 其色其言, 尤不能堪. 美之於色, 花下不如月下, 月下不如燈下, 今相對於燭前, 那無傷心斷腸之習耶? 生乃曰:

"吾兩人, 逐夜邂逅, 猶天台之遊、圯橋之誠, 罕于今古. 然琴臺一曲, 寂寞於長卿[58]之手, 賈閨異香, 虛誕於韓掾之袖, 理雖當然, 情實難抑. 初以狂蝶之志, 只探名花之香, 幸雖相接, 以其詞意之峻嚴, 不敢開口, 猶雙鸞相交, 人非木石, 此情奈何? 『詩』不云乎? '我心非石, 不可轉也. 我心非席, 不可卷也.'[59] 願娘明言之. 將此我心, 轉耶卷耶?"

楊婆曰:

"信然也. 貴相知遇, 而不可相欺心也. 此則天理之所固當有, 而人情之所不能無者也. 男女之間, 人所難忍. 且飮冷水者, 雖

58 長卿: 사마상여司馬相如의 자字.

59 我心非石~不可卷也: 『시경』 패풍邶風 「백주」柏舟의 한 구절. 『시경』 원문에는 '非'가 모두 "匪"로 되어 있다.

爽無味, 喫夢飯者, 雖多不飽, 有何相貴之理乎? 今郎君, 旣無杜牧之[60]之風彩、孫伯符[61]之年紀,[62] 又乏王、謝[63]之貴, 范、石[64]之富, 而妾之有此行, 非貪淫樂貨之類也. 郎君亦非酒色放浪之徒也, 有何嫌乎? 願郎君惟心所欲, 無使壅滯於胸臆也. 有情而難吐, 則必然生病, 病一生, 則不如初不知也, 不可作影裡思情, 畵中愛寵也. 妾爲郎君, 死且不避, 卮酒安足辭? 卓文君之走北堂也, 豈有欲潔其身之意耶? 但「關雎」, 樂而不淫, 哀而不傷,[65] 必以此爲勉, 可也."

於是, 遂相就寢, 極盡繾綣之意. 正是'月落星微五鼓聲, 春風搖蕩窓前柳',[66] 聚精會神, 相得益彰,[67] 可謂錦上添花, 桼中投膠,[68] 綠水鴛鴦,[69] 赤霄孔翠. 雖逢門子[70]挎[71]烏號弓, 壽亭侯

60 杜牧之: 당나라의 시인 두목杜牧을 말한다. '목지'牧之는 그 자字이다.

61 孫伯符: 삼국시대 오吳나라의 군주 손책孫策을 말한다. '백부'伯符은 그 자이다.

62 紀: 원문에는 "記"로 되어 있으나 바로잡았다.

63 王、謝: 왕탄지王坦之와 사안謝安.

64 范、石: 범려范蠡와 석숭石崇.

65 「關雎」~哀而不傷: 『논어』「팔일」八佾에 나오는, 공자의 말.

66 月落星微五鼓聲, 春風搖蕩窓前柳: 당나라 양거원楊巨源이 지은 악부시 「대제곡」大提曲의 제11·12구에 해당한다. 이 시는 『악부시집』樂府詩集과 『전당시』全唐詩에 실려 있다. '五鼓聲'은 5경을 알리는 종소리.

67 聚精會神, 相得益彰: 『문선』文選에 실린 한나라 왕포王褒의 「성주득현신송」聖主得賢臣頌에 "聚精會神, 相得益章"이라는 말이 보인다.

68 桼中投膠: 옻에 아교를 바르다, 즉 금상첨화錦上添花의 뜻.

騎赤兎馬, 猶未足以喩其意也. 金屋曾藏阿嬌女, 羅帷還致李夫人, 若非長生殿風前飄緲之張麗娟,[72] 疑是昭陽宮掌上輕盈之趙飛燕, 如花如月, 疑眞疑夢, 度春宵之苦短, 憎村鷄之頻唱. 噫! 樂不可極, 樂極生哀, 慾不可縱, 縱慾成灾.

盥手而盆水生香, 點頰而玉痕增寵. 楊婆俱[73]衣而坐曰:

"向夕之逢, 郎先於妾, 今夜之寢, 妾先於郎, 豈非天緣之自成耶?"

生曰:

"此日, 卽七月之旣望, 吾勝蘇東坡矣."

69 鴛鴦: 원문에는 "元央"으로 되어 있다.

70 逢門子: 하夏나라 때 활의 명수였던 방몽逄蒙을 말한다. 『맹자』孟子 「이루 하」離婁下에 "逢蒙學射於羿, 盡羿之道, 思天下惟羿爲愈己, 於是殺羿"라는 구절이 있다.

71 擠: '彎'과 동자仝字.

72 長生殿風前飄緲之張麗娟: '長生殿'은 '芝生殿'의 오기이고, '張麗娟'은 '麗娟'의 오기이다. '지생전'芝生殿은 한나라 궁궐의 전각殿閣 이름이다. '여연'麗娟은 한나라 무제武帝가 총애하던 궁녀인데, 『동명기』洞冥記에 14세의 여연이 눈처럼 흰 살결을 지녔고, 내뿜는 한숨이 난처럼 향기로웠다고 적혀 있다. 풍몽룡馮夢龍의 『정사유략』情史類略 권6 '정애류'情愛類의 「여연·이부인」麗娟·李夫人에는 "매양 노래할 때 이연년李延年이 화답했는데, 지생전에서 「회풍곡」回風曲을 노래하자 정원의 꽃이 모두 휘날려 떨어졌다"(每歌, 李延年和之, 於芝生殿唱「回風之曲」, 庭中花皆翻落)라는 말이 보인다. 이 기사의 원출전은 『동명기』이며, 『태평광기』太平廣記 권273 '부인 3'婦人三에도 전재轉載되어 있다. 「포의교집」의 작자는 『정사유략』을 읽은 기억을 토대로 이 대목을 서술한 게 아닌가 한다.

73 俱: 원문에는 "椇"로 되어 있으나 바로잡았다.

楊婆曰:

"何謂也?"

生曰:

"東坡既望夜遊, 赤壁之賦曰: '望美人兮何許?'[74] 今吾與娘子, 共逍遙於東方之既白, 豈不勝哉!"

楊婆笑而起, 向廊底寢所矣.

至午牌,[75] 士先來在座矣. 楊婆爲李生製一件美襪, 近西軒投之. 士先笑曰:

"事已諧矣."

楊婆對曰:

"木之十伐, 豈有不摧折者哉?"

如是夜復夜, 相從不怠.

數日後, 時科期不遠, 李江東、閔叅奉、宋叅判、南瑞山、金黃州家諸少年, 爲訪李生而來, 請李生曰:

"今鄉谷文章四五人, 來留於諸家. 願兄與俺輩, 偕往山寺, 看其制[76]述, 如何?"

74 望美人兮何許: 소동파蘇東坡의 「적벽부」赤壁賦에 다음 구절이 보인다: "桂櫂兮蘭槳, 擊空明兮泝流光, 渺渺兮予懷, 望美人兮天一方."

75 午牌: 정오. 원래 백화白話로 쓰이던 말이다. 『금병매』 제55회에 "午牌時, 打中火又行"이라는 말이 보이고, 『삼국지연의』三國志演義 제40회에도 "是日午牌時分, 來到鵲尾坡"라는 말이 보인다.

76 制: '製'와 통한다.

生曰:

"如是好也, 吾從往, 何爲哉?"

諸生曰:

"吾輩無熟工於科文, 故欲枉兄以觀其巧拙. 且兄在此旅遊, 有沒滋味焉. 故弟輩必欲件行而消暢也, 眞爲楚非爲趙也. 兄有何着味, 而不肯耶?"

士先指楊婆, 曰:

"爲彼着味."

諸生望見嘉之曰:

"可宜一接其香, 然於李兄則過望也."

士先[77]曰:

"彼先樂從也."

諸生曰:

"有何所取而然耶?"

自此始知生之相交於楊也. 諸生固請之, 李生卽許之, 期以明日早朝來此幷行也. 至晩, 諸生皆散, 以明日緊緊相約矣.

其夕, 楊婆招達今謂曰:

"李書房主, 以明日上寺云耶?"

達今曰:

77 先: 원문에는 "善"으로 되어 있으나 바로잡았다.

"然."

楊婆曰:

"諺所謂'無福者, 棄我上寺'者, 眞李郎之謂也."

達今暗謂李生曰:

"楊婆之言, 如此如此."

時士先不出渠家, 而同宿於西軒, 故楊婆不敢來, 而新情未洽, 又有此別, 抑是造物之戲耶?

其翌日, 諸生果會, 促裝而發. 楊婆遙遙相望, 有情無語似無情.

蜀山青,
越山青,
兩岸青山相送迎,
誰知別離情?
君淚盈,
妾淚盈,
羅帶同心結未成,
江頭潮已平.

兩情之濃, 畵不能形矣.

生與諸益, 離竹洞, 至弘化門外, 見一隊淡粧美人, 自宮而出.

生對此, 愈念楊婆, 而情不能抑. 又到景慕宮前, 看蓮花盛開, 若佳人之新粧, 尤不勝悽然矣.

荷花嬌欲語,
愁殺別離人.[78]

生雖與諸僚, 强擧顔面而酬答, 內心則刻戀於花情, 無意戀征, 任步至惠化門[79]外, 殘蟬欲歇, 西風乍動, 眉睫[80]低仰, 目無所見, 耳無所聞, 只一楊婆形形色色, 言言事事, 東西南北, 百千萬億, 無非觸想, 已成痼疾, 醫莫能解.

行十餘里, 至道宣菴, 安歇, 食而忘箸, 坐而忘席, 爲傍人之譏笑矣. 生念念於心曰:

'吾以遐鄕賤儒, 流落於京師, 貌無所取, 行無所美, 家之貧, 而年之晩矣. 彼娘以出凡之才色視吾, 不啻若草芥, 而以何有見, 親之密之, 愛而敬之, 思而慕之乎? 於我, 可謂千一之遇, 情莫厚焉, 誼莫加焉. 欲報其誠, 河海已淺矣!'

78 荷花嬌欲語, 愁殺別離人: 협주夾注처럼 작은 글씨로 본문 사이에 삽입되어 있는데, 이는 『금병매』金瓶梅·『서유기』西遊記 등의 중국 소설에서 서사 중간에 장면을 자세히 묘사하거나 정취를 더하기 위해 시구를 삽입하는 수법을 본뜬 것이다. 그러나 주注가 아니라 본문의 일부로 보아야 한다.
79 惠化門: 원문에는 '化'가 "和"로 되어 있으나 바로잡았다.
80 睫: 원문에는 "捷"으로 되어 있으나 바로잡았다.

過四五日, 鄭友携生, 至上刹後盤松下, 少憩灑風, 而有一兒, 負小擔而至寺門, 問林川 李書房主所住處. 其中成生意必是婆之所送, 直出問曰:

"汝住何洞?"

對曰:

"在桑洞耳."

成生曰:

"桑洞何宅而來乎?"

對曰:

"小人雖居桑洞, 而有一族妹, 居於竹洞 張進士宅廊下.[81] 故小人爲訪而往, 則族妹以此物及一封書, 使領之往此寺, 訪李書房主呈之爲敎, 故來耳. 李書房主, 誰也?"

成生曰:

"汝族妹爲楊家之媍者耶?"

對曰:

"然."

成生乃使之近堂, 解其擔, 而看之, 則實果一筐, 油蜜果一簞, 散脯一盒, 燒酒一壺也. 又討書封, 則自囊中, 出一封花箋. 成生拆[82]而視之, 上言別後安候, 下有七言二絶、五言二絶, 皆道

81 廊下: 행랑채.

82 拆: 원문에는 "折"로 되어 있으나 바로잡았다.

思之極而絶唱也. 成生欲藏之而欺李生矣, 不想老僧宝恒先告李生. 李生倒屣而至, 成生不能隱諱, 直出傳焉. 於是, 諸生與李生, 環而觀之, 其七言二絶曰:

寂寂重門[83]鎖晩愁,
洞房孤枕月明秋.
一匙精飯難强進,
心事爲君死不休. 第一首

『詩學全書』滿案几,
憎看百語太支離.
其中別字爲讐最,
却怨蒼皇造出時. 第二首

其五言二絶云:

關河[84]音信斷,
端憂[85]不可釋.

83 重門: 중문中門.
84 關河: 관새關塞.
85 端憂: 깊은 근심.

遙想青蓮菴,
山空蘿月白.[86] 第一首

鏡匣鸞將老,
花園蝶已秋.
一夕紗窓閉,
那堪憶舊遊?[87] 第二首

覽得, 李生目瞠口噤, 魂不付身, 如在虛暎中. 諸生莫不嗟嘆, 其中流涎者數人, 語多不平. 於是, 復携其酒物, 與諸生旣醉且飽, 僚友情願各次其韻幷送之. 其中閔𥙿奉, 力言不可, 只以李生詩和答焉.

一別仙娥難滌愁,

86 關河音信斷~山空蘿月白: 허난설헌이 오빠 허봉許篈에게 보낸 5언 고시 「하곡荷谷에게 부치다」(寄荷谷) 중 제5구에서 제8구까지를 몇 글자 고쳐 옮겼다. 「하곡에게 부치다」의 해당 구절은 다음과 같다: "關河音信稀, 端憂不可釋. 遙想青蓮宮, 山空蘿月白."

87 鏡匣鸞將老~那堪憶舊遊: 허난설헌의 5언 율시 「동무에게 부치다」(寄女伴)의 제3·4구와 제7·8구를 옮겼다. 「동무에게 부치다」 전편은 다음과 같다: "結廬臨古道, 日見大江流. 鏡匣鸞將老, 花園蝶已秋. 寒沙初下雁, 暮雨獨歸舟. 一夕紗窓閉, 那堪憶舊遊."

況時微雨送凉秋?
忽逢音信千金直,
瓊韻傷心字字休.　　　第一首

意將鸞鏡拂塵丌,
逢未幾時又別離.
一紙難窮無限恨,
五更秋月上簾時.　　　第二首

非分開玉緘,
愛玩終難釋.
岐路泣楊朱,
瓊篇羞李白.　　　第一首

密約明如鏡,
離情冷似秋.
天必至誠感,
也應續舊遊.　　　第二首

老僧宝恒謂李生曰:
"詩旣和矣, 酒肴何以答之?"

生曰:

"吾旣爲旅, 且在高寺, 安能相需耶?"

恒大師曰:

"女之有才者, 曾所有聞, 恨未之見也, 不意今日見此蘇若蘭[88]之才也. 小僧雖貧, 自宮所賂之物, 藏在籠中, 幸望封送以報, 如何?"

李生辭曰:

"吾旣貧矣, 又是客也, 雖無答禮, 女必不嫌. 雖有今日大師之賴, 後必無相報之路. 且吾所事, 何關於大師耶? 若有此等之需, 女必以吾爲妄矣, 切不可也."

恒大師固請之. 於是諸僚, 幷爲力勸曰:

"恒大師之言, 是也."

恒大師開𤥻[89]而出進獻苧一疋、玉色昭華紬[90]二疋、唐彩扇[91]一柄也. 諸僚賫送之, 而李生內懷不豫者, 良久矣. 大抵京山之僧, 多受諸宮房施及卿宰家封送故也, 可謂'南陽之人飮醢, 太白山僧飮水'者也. 閔叅奉曰:

"以才之動人, 如此之甚耶! 吾雖不見楊婆之貌, 每多聽聞之

88 蘇若蘭: 원문에는 '若'이 "惹"로 되어 있으나 바로잡았다.

89 𤥻: '옥으로 만든 함'이라는 뜻의 한국 한자.

90 昭華紬: 비단의 일종.

91 唐彩扇: 중국산 채색 부채.

妙. 今見其詩, 宜吾兄之思服也."

諸盆誦其詩不已, '洞房孤枕月明秋'之句, 浮於寺中矣. 然李生念:

'其所送之物, 則必五十餘金也, 何由以致報乎?'

如是十餘日, 科期至隔. 於是諸生, 并各辭寺而歸家矣. 生至竹洞, 永必已灑掃而待. 生入西軒坐定, 永必低聲曰:

"自書房主上寺以後, 行廊搔擾, 至于今未定."

生意謂:

'永必必欲弄我也. 然日已暮, 終不見楊婆之影, 心下錯莫, 莫知所爲. 有所沉病而然歟? 抑亦出他耶? 前吾之出, 必送于門, 其來也, 必竢于庭矣. 今十餘日始來, 則意有別般相款之理, 而漠然無音, 是何故也? 堂婆亦視我無人事, 何其異昔耶?'

嫩香時拂絳羅巾,
國[92]柳因風暗起塵.
欲到蓬萊[93]尋舊約,
終朝不見意中人.[94]

92 國: 도성을 말한다.

93 蓬萊: 봉래산蓬萊山.

94 嫩香時拂絳羅巾~終朝不見意中人: 협주夾注처럼 작은 글씨로 본문 사이에 삽입되어 있는데, 이는 『금병매』 등의 중국 소설에서 본문 서사 사이에 장면을 자세히 묘사하거나 정취를 더하기 위해 시구를 삽입하는 수법을 본뜬 것이다.

夕後, 徘徊于廳上, 因不能寐. 到三更時分, 將欲就寢, 忽內中門乍開, 達今直上西軒謂生曰:

"書房主, 恐不得留此."

生曰:

"何謂也?"

達今曰:

"自書房主上寺以後, 楊婆絶不飮食, 但望遠山, 愁慽悲傷. 如是多日, 其媤侄女, 年十四, 名喜者, 告楊婆之夫, 以潛通玉環之說. 楊夫大怒, 遂操楊婆, 無數亂打, 至曰: '何不隨李書房主去耶?' 又擧砧石, 將欲擊殺之, 廊之諸婦女, 幷皆遮手. 又持刀刺之, 流血狼藉, 其媤父老楊, 責其子而解紛矣. 其夫又大談曰: '兩班獨無法乎? 豈有有夫女通奸而無事也? 李書房主若來, 吾必決一死生矣.' 爲人慓毒, 畢竟不安, 故內堂爲書房主大惧, 使小的來告者也."

堂婆始來見生曰:

"世上事皆如是也. 自郎君之出, 楊婆彷徨不定, 又不食飮, 而潛通西軒之說, 自前暗遍於廊中, 其夫疑之太甚. 楊婆猶無忌憚, 辭色現露, 又開硯吟題, 題後, 遙望青山, 失心不和, 爲其同婿之女喜者所直告其夫. 其夫大怒, 搜篋中, 得一書紙, 而渠無識, 持而出他, 於路上, 逢一外鄕詞士而見之, 請以諺文翻譯. 其詞客解而書之:

마음이 급피 날고자 ᄒᆞ야 ᄇᆡᆨ쥬시를 을퍼쓰니, ᄂᆡ 슐이 업셔 노지 못ᄒᆞ미 아니로다. 구름을 경계ᄒᆞ야 청산 얼굴을 가리오지 말나. 정든 사람이 쳡의게 향ᄒᆞ는 눈이 잇슬가 ᄒᆞ노라.〔心欲奮飛咏「栢舟」, 微吾無酒以敖遊. 戒雲休掩靑山面, 恐有情人向妾眸.〕[95]

○심ᄉᆡ가 그ᄃᆡ를 위ᄒᆞ야 죽어도 셕지 아니ᄒᆞ겟다 ᄒᆞ더라.

翻譯者多, 而老身之所誦者, 只此也. 其詞士謂楊夫曰: '此必女人之詩也, 亦非妓妾也. 以其出俗之才, 誤落於無名之家, 自以爲平生之恨, 忽逢一通情之士, 別送于山間, 不耐其思, 有此詩也. 願使我一逢此女, 如何?' 楊夫曰: '吾得於街上矣.' 其士曰: '若如此, 則何以諺文翻譯耶?' 楊夫曰: '欲有所看處[96]而然也.' 士曰: '所看處在何耶? 願與我同至其處, 如何?' 楊夫曰: '是不通外人之家也.' 其士不信, 猶隨楊夫, 楊夫越他道, 而走還其家. 以是, 執策將其妻蹴打之, 爲其媤夫解釋. 其夫又責曰: '汝死不休云, 死是汝願也!' 遂抱石擲之, 誤往不中, 又以草

95 心欲奮飛咏栢舟~恐有情人向妾眸: 원문의 두주頭注. '微吾無酒以敖遊'는 『시경』 패풍邶風 「백주」柏舟의 "微我無酒, 以敖以遊"에서 따온 말이다.

96 所看處: '볼 데', 즉 '가 볼 데'라는 뜻. 조선식朝鮮式 한문이다. 뒤에 '看事'('볼 일'이라는 뜻)라는 말이 나오는데, 동일한 용례이다.

刀,[97] 畫其兩腿[98]上及股, 衣裳襞裂, 流血浪籍. 其媤父打其子而逐出, 以藥裹其傷處. 然而楊婆, 少無悔恨引咎之心, 猶以難忘李郞之意, 泣說於同僚也. 其夫又疑老身紹介, 無數詬辱. 老身無辭辨明, 而今夕聞書房主之來, 楊婆連日棄粧, 忽開鏡奩, 出置粉鍾子, 方梳洗理粧矣. 其夫又忿怒, 蹴其粉鍾子, 粉鍾子觸壁而散散. 世豈有如此無忌者乎? 此罪在楊婆, 不在書房主, 又不在老身. 爲其夫者, 孰不如是哉?"

生曰:

"必然由我受傷多也."

堂婆曰:

"楊婆雖爲其夫所傷者多, 猶語於老身曰: '吾雖磨頂方踵, 猶不及於別李郞時心傷也.' 又囑曰: '李郞之來, 愼勿泄吾之所遭也.'"

達今曰:

"囑於小的者, 申申再三矣."

生曰:

"今則完蘇否?"

堂婆曰:

"自再昨, 始起動如前矣."

97 草刀: 낫.

98 腿: 원문에는 "褪"로 되어 있으나 바로잡았다.

兩人各散去, 生亦就睡.

翌日朝, 生起向厠, 回路見中門外有一漢吸竹而望. 生大怒號令廊漢捉入之, 厥漢乃走. 廊漢逐之不見, 還入告曰:

"彼漢已逃去, 而不知其居止, 故未捉."

生曰:

"他人之入兩班宅無禮, 而汝等越視[99]之, 可乎?"

廊居之漢, 一並捉入, 跪之堂下, 而楊婆之夫, 意在其中. 有一端正老漢入告曰:

"他人之无禮於士夫宅者, 廊居諸漢, 不卽禁斷, 宜乎受罪, 而但小人之子, 以唐瘧數月呻吟, 當有分揀,[100] 小人願代之."

生曰:

"汝姓甚耶?"

對曰:

"楊哥也."

生曰:

"汝子誰耶?"

老楊指一貌少新郎者曰:

"此小人之子也."

99 越視: 월시진척越視秦瘠. 월나라 사람이 멀리 떨어진 진나라의 메마른 땅을 마음에 두지 않는다는 뜻인데, 남의 환난을 예사로 보아 넘김을 이르는 말.

100 分揀: 죄를 저지른 형편을 보아 용서하여 처리하는 것을 이른다.

生使之別地跪伏, 其餘諸漢, 一並痛治後, 並皆放送, 戒老楊曰:

"居廊之法, 不可大聲諠譁. 此後若復如前, 汝老漢先受其罪矣! 汝申飭[101]諸漢, 可也."

老楊服服謝之. 盖生之得愛於楊婆者, 以其號令也. 抱負只此不贍, 故廊漢種種受杖, 而其中一孫者最頻, 以其居中門, 察楊婆來往之故也.

其夕, 楊婆艶粧而到西軒. 生卽執手而謝曰:

"由我苦行不小."

楊婆曰:

"有何苦行?"

生曰:

"俄者, 聞達今之言如此."

楊婆曰:

"是乃弄妾而戲言, 元無此事也."

於是, 共叙別懷, 如得新寵.

科後, 有思鄕之心, 而宋義輿 孟汝戲之曰:

"經春經夏又經秋,

101 飭: 원문에는 "餙"으로 되어 있으나 바로잡았다.

但擅長安米價優.
老去芳心猶未已,
黃昏拂袖向青樓.

緣一楊婆, 見科不誠, 安能叅榜?"

時成生在座曰:

"向見其詩, 果宜寤寐思服.[102] 兄必別買一舍率居, 可也."

生曰:

"弟以勢貧, 安能及此?"

成生曰:

"兄若有此意, 吾輩當爲兄收合, 可得二百金也, 僦屋而居之, 可矣."

生曰:

"弟有妻少而無子, 又安用彼女哉?"

成生曰:

"然則彼女必逢變也. 其色如此之艶, 而其才如此之美, 終非久屈於廊下之物. 向者, 看書少年流涎者多, 豈無凶計之着鞭者乎?"

李生果不能叅榜, 乃促鄕裝, 而姸姸楊婆, 辭色累變, 乃曰:

102 寤寐思服: 『시경』 주남周南 「관저」關雎에 나오는 구절.

"既有七月既望之逢, 則復有十月雪堂之約, 然後庶不使蘇東坡更笑也."

李生唯唯而別, 行二三日程, 逢張進士之侄仲約於路. 仲約先問曰:

"楊婆無恙耶?"

曰:

"然."

仲約曰:

"今番之行, 小生必得楊婆, 然后已深誓矣."

生曰:

"入廊之物, 何可難也?"

既別, 生自念曰:

'仲約家富而年少, 才貌亦足以副其望也, 必爲彼所據矣.'

是歲十一月, 生以中學下色, 將赴到記, 而復上京, 留於安洞閔宮, 而非[103]無楊婆之思, 以疑仲約, 不復爲訪矣. 以近二旬, 一日逢張進士於路, 爲其所扶, 而偕往竹洞, 則中門已虛, 西軒已閉. 堂婆亦以豆粥商, 移居于街邊, 無復舊時容矣. 入內私廊, 而有一老, 卽湖南 邊氏, 卽張進士長子之丈人, 以訓兒輩坐定矣. 廊漢相聚於大門傍一舍, 而一人曰:

103 非: 원문에는 이 글자 뒤에 "不"이 더 있으나 연자衍字로 여겨진다.

"又上來也."

一人曰:

"李書房主耶?"

曰:

"然."

一人曰:

"吾輩受杖不暇."

一人曰:

"無罪而然耶?"

一人曰:

"誰不知之?"

一人曰:

"以楊婆而然也."

時仲約與士先, 出他將回, 聞諸漢之語. 士先笑曰:

"必夢雲〔李生之號〕[104]上來矣."

仲約亦笑而入內私廊, 果見李生在座. 仲約笑道廊漢之語. 達今又進酒而笑曰:

"楊婆苦待矣."

士先曰:

104 李生之號: 원문의 두주頭注.

"楊婆已付於仲約, 汝何以苦待之說欺之乎?"

達今又笑無言. 同郡紫微先生金啓僉, 亦在座而謂生曰:

"其色果絶等也."

然李生以士先非虛言致疑, 而不復問焉. 已而, 其玉音自內而出, 仲約聽之而入. 士先曰:

"惑之甚矣."

達今曰:

"楊婆一不入內矣. 今忽來到, 必因李書房主而然也."

士先曰:

"楊婆之心, 已分於兄, 兄何以爲意耶?"

生曰:

"路邊井鑿, 豈可獨飮? 況本非我物乎?"

留之一兩日, 暗想:

'楊婆雖爲仲約所干, 於我無永絶之理, 且有情之重者, 非一非再, 豈可以齟齬相阻哉? 然而堂婆已無, 則安能致意?'

適出他之際, 楊婆排門相望而已. 生乃使銀匠, 打造銀指環一雙, 裹于唐紙, 紙面書'久別悵然好在否'七字而已. 回路見楊婆在庭, 投之而入, 楊婆拾而懷之.

其翌日, 又出他將還之際, 楊婆投一花箋. 生拾藏于囊, 將以暗處披覽矣. 不想仲約遠窺識之, 隱身潛步, 跟生之後. 纔入內私廊, 未及解衣, 仲約突入, 請見楊婆所投花箋. 生意外聽之,

曰:

"是何說耶?"

仲約曰:

"神可欺, 而小生不可欺也."

時士先在座, 數目邊老, 共扶李生, 發其囊. 囊解而箋見披, 有一首詩:

有客自遠方,
遺妾雙鯉魚.
剖之何所見,
中有尺素書.
上言長相思,
下言久離居.
讀書知君意,
雙淚添衣裾.[105]

邊老見而大驚曰:

"彼女能詩如此乎?"

105 有客自遠方~雙淚添衣裾: 허난설헌의 「견흥」遣興 8수 중 제7수를 몇 글자 고쳐 옮겼다. 「견흥」 제7수는 다음과 같다: "有客自遠方, 遺我雙鯉魚. 剖之何所見, 中有尺素書. 上言長相思, 下問今何如. 讀書知君意, 零淚沾衣裾."

生曰:

"何能詩也? 拾於他處也."

仲約曰:

"能詩也. 然此女, 吾必裂之!"

切齒不已.

時李生有看事,[106] 至安洞, 留四五日矣. 原來仲約有意於楊婆, 百端倫計, 終不肯從, 又聞廊中之語, 楊婆與李生潛通之事, 若歌唱之, 而自己終無見許, 憎之太甚. 又內外有別, 不敢相近, 及見投李生之詩, 猜心大起, 必欲起鬧, 內謀於士先. 士先乃請於內堂, 自內召楊婆, 賜坐針線, 而士先乃與仲約偕入, 楊婆起欲避之. 士先曰:

"汝且安坐. 吾欲有言於汝者, 久矣."

楊婆乃坐. 仲約亦近坐, 而心事斗起.

士先謂楊婆曰:

"堂廊亦一家, 雖有男女之分, 何至齟齬之甚耶? 吾每以汝爲薄情人也."

楊婆已有憎色, 又聞此言, 大不平, 紅潮滿面而對曰:

"未熟之人, 自然如此. 且但相知而已, 厚薄間, 有何情之爲說耶? 家夫以貧所致, 雖寄人之行廊, 非與凡常有比, 豈可無難

106 看事: '볼 일'이라는 뜻으로 쓰인 조선식 한문.

哉?"

士先本善誘人之徒也, 乃曰:

"天之生物, 草木禽獸, 皆有其情, 况爲人事, 豈無其情乎? 汝姿[107]色如彼, 才調又美, 向見寄李生之詩, 極可歎賞也."

楊婆曰:

"何以見之?"

士先必先喫李生, 然後可以動之, 又曰:

"李生將汝之詩, 誇張四方, 故人莫不奇而涎之."

楊婆正色曰:

"李書房主如是輕率乎?"

士先曰:

"汝以李生爲正大人耶? 輕薄無方, 百難一觀, 汝何親之甚乎? 吾業欲一言於汝者, 正以此也. 不可近, 不可近也. 且家貧而年衰, 貌醜而才薄, 汝何所取而爲交乎? 彼張書房主, 卽進士主之宗侄也, 年少而才豊, 眞汝之所相從也. 每愛汝之才色, 願欲執鞭爲御, 汝不可冷落待之也."

楊婆曰:

"生員主以小的謂無行, 而及此言耶? 視之以妓妾而然乎? 小的之交於李書房主者, 果爲醜老而然也? 古說云: '貴而爲友者,

107 姿: 원문에는 "恣"로 되어 있으나 바로잡았다.

爲賤也; 富而爲交者, 爲貧也', 且'白頭如新, 傾盖如故', 各相知心而然也. 小的雖無富貴之勢, 旣有豊艶之貴色, 高明之富才, 恒願從貧賤之交友, 至死不可忘, 故延頸希望. 皇天不棄賤誠, 幸逢李郎於西軒, 自以爲沒世不忘之知己, 乃小的之所肯, 非李郎之所期也. 此心堅於金石, 入水不潤, 投火莫燃矣.[108] 願勿復言. 若李郎如張郎之豊少, 亦不顧也. 今紅塵紫陌之間, 搢紳公子、富商豪傑, 不知其幾個, 妾皆不願, 而獨取於李郎者, 小的之心, 可知也. 古者, 漂母哀王孫之意也, 豈望報乎? 豈爲淫哉?"

士先怒叱曰:

"一家之內, 何厚何薄? 汝是何物?"

楊婆血氣衝頰, 盡擲其所針之物, 直出門外. 士先大怒, 呼婢捉入, 跪之堂下, 而欲撻之. 進士聞変卽入曰:

"要人之妻, 豈其美事? 且禁兒輩之有此之行也, 反助桀爲虐耶?"

於是, 出送楊婆.

士先猶不忍忿, 使楊婆浮鼎而出, 居於他洞. 楊婆乃出, 與其夫及媤父, 收家産而出門外, 當此嚴冬, 誰肯以家待之乎? 念四處, 莫可以急抵者, 乃入街上空幕, 遮衾爲帳, 取石安鼎. 而楊婆自歎曰:

108 入水不潤, 投火莫燃矣: 『장자』莊子 「대종사」大宗師의 "入水不濡, 入火不熱"에서 따온 말.

"蛾眉招殃, 英才多猜, 麝香噬臍, 豹文括皮, 若吾無姿[109]色, 豈有如此之変哉?"

過一宵, 張進士令還故處安泊焉. 進士令兒輩禁其說, 不欲聞知於李生. 楊婆又戒達今, 勿使李郎知之. 故李生漠然無知, 而猶疑以楊婆與仲約有私, 減思楊婆十常八九焉.

一日, 自安洞至草洞, 於路忽逢堂婆. 堂婆泣說舊事, 願同向渠家少憩. 李生亦許之, 從而入其家, 卽不遠於竹洞. 堂婆請入房少竢, 而出門而去, 不久還來, 謂李生曰:

"書房主, 豈願見楊婆耶?"

生曰:

"何以致之?"

堂婆曰:

"今至矣."

已而, 門外草綠藏衣[110]乍翻矣. 藏中之人, 誰也? 乃楊也.

> 樓前相望卽相識,
> 疑夢疑眞心若狂.
> 千般悲喜一層新,

109 姿: 원문에는 "恣"로 되어 있으나 바로잡았다.

110 藏衣: 장의長衣, 곧 장옷. 여자가 나들이할 때 얼굴을 가리기 위하여 머리에서부터 길게 내리쓰던 옷.

未呼卿卿先涕滂.

恍惚之間, 嬋娟而入, 雖執郎手欲言, 而淚迸喉自然咽矣. 李生亦悽然慷慨, 不得不潸然於面也. 移時鎭情, 乃言曰:

"見郎之來, 已近一朔, 終無向訪, 則不如妾之心, 可知矣. 今不可久坐而敍別懷也. 願以罷漏後, 訪妾於廊闈也. 每開門後, 則鷄雖未唱, 阿夫與廊漢, 皆出江貿柴而去, 故妾獨守空闈也. 斷當掃榻而待, 勿負兒女子之懸望."

再三申托, 冗冗回去. 生卽點頭許諾. 其夕, 雖向竹洞而宿, 未暇曉訪, 盖致疑仲約故也. 若如七月之狂, 則何暇待楊婆之望乎?

三兩日後, 果旅居無聊, 鷄已鳴矣, 乃屨及于長廊. 時四無人跡, 楊婆聽得跫音, 卽出迎入, 始敍別懷, 正是'瀟湘有故人之逢,[111] 藍橋成裴航之遇',[112] 一喜一悲, 如醉如醒. 自此以後, 夜復夜相邀矣, 不想轡長必踐.

一日曉, 生爲訪楊婆, 楊婆出迎, 纔入閉戶, 忽老楊在外開戶, 楊婆無慮而答曰:

111 瀟湘有故人之逢: 육조시대 유운柳惲의 「강남곡」江南曲 중 "洞庭有歸客, 瀟湘逢故人" 구절에서 따온 말.

112 藍橋成裴航之遇: 당나라 배형裴鉶이 지은 전기소설 「배항」裴航의 고사를 말한다.

"此有李書房主在座矣."

老楊乃開戶乍見, 還閉戶而出曰:

"吾意謂他人而然也."

還歸渠之寢所. 生謂楊婆曰:

"此必有变."

楊婆笑曰:

"無關也. 妾與郎君如此之事, 一洞所共知也, 有何变出?"

少無難色, 與之坐臥, 無異前㨾. 李生心甚不安矣. 旣出向內私廊, 而日明之後, 意謂有变, 終夕無聞.

其夜, 草洞諸友, 相訪而來, 與李生共至草洞. 其翌日, 到安洞, 留四五日矣. 忽氏同者, 來傳張進士書, 書中言:

"事有萬萬時急之勢, 幸望飛也."

似一枉伏企云矣. 生知事出,[113] 乃引氏同, 至僻處, 問事機. 氏同曰:

"自書房主離之翌日, 楊婆之侄名喜者, 以此事直告于楊婆之夫. 其夫大怒, 遂健鎖門戶, 揪住[114]楊婆之頭髮, 顚之沛之. 畢竟據于腹上, 將廚用大劍, 欲刺而殺之. 楊婆少不恐㥘, 低聲謂其夫曰: '吾犯重罪, 不止一再, 死何怨哉? 但願以刀給我. 我願從容自決, 無使夫婿有殺妻之名也. 幸勿施勞, 使我自盡, 可也.'

113 事出: '일이 나다'라는 뜻의 조선식 한문.

114 揪住: '움켜잡다'라는 뜻의 백화白話.

如是之際, 其媤父老楊, 斷鎖而入, 責其子, 而奪劍擲於地. 楊婆緩緩而起, 引釖自刎, 手游虛過, 再刎之際, 老楊驚奪之. 楊婆又引在傍小刀, 老楊又奪之.

其申時,[115] 楊婆瞰房內無人, 暗自経其頸於架下, 被同婿喜母之救. 自此居房守之. 其夕初昏, 楊婆出外投井, 井雖深, 而幸雙瓢浮水, 身未及沒, 而爲諸人救出. 時値氷塞井, 石多觸身, 多所傷. 其曉, 又投井, 汲水諸人, 盡力救出, 水從鼻口而出, 半晌不死. 其夕, 又結項, 爲媤父所救. 今曉, 又結項, 亦爲人所救, 則其志必死乃已. 其夫懇乞不聽, 其媤父及其親母亦來, 責之誘之, 無可奈何, 本性至毒, 莫有解之者. 老楊喩之曰: '吾待汝不薄, 何至如此?' 答曰: '夫与父, 待我不薄, 我自就死, 非怨夫家也.' 老媤曰: '吾將奉來李書房主, 汝可敍面[116]也.' 答曰: '死者, 有何敍面耶?' 老楊鬱憫不得達于進士主, 使小人請李書房主也."

生曰:

"其意如是之堅, 我往何益哉?"

氏同曰:

"雖然如此, 可以往見也."

生曰:

115 時: 원문에는 이 뒤에 '量'이 더 있으나 연자衍字로 여겨진다.

116 敍面: 얼굴을 마주해 이야기를 나눈다는 뜻.

"爲其夫所打, 傷過矣."

氏同曰:

"去七月, 爲其夫酷傷, 而今番則初次擬釰而已, 一不毆打, 而投井之時, 有過傷也. 第一切迫者, 不食也. 不自刎, 則必結項, 不結項, 則必餓死也. 數日之間, 自刎者一, 投井者二, 結項者三, 不食者四也."

李生乃曳履, 隨氏同至竹洞. 氏同復曰:

"如是四五日, 街街辱色, 頭頭責聲, 自書房主之親楊婆, 積失人心, 誰肯是哉?"

生曰:

"奸楊婆者, 非吾獨也. 汝矣宅[117]少郎, 亦相奸也."

氏同曰:

"是何言耶? 聞諸誰乎?"

生曰:

"新門[118]外生員主言之耳."

氏同曰:

"空然之說也. 向者, 生員主爲少郎媒於楊婆, 楊婆不肯, 至有逐出廊外之擧, 而爲進士至所挽也."

生猶不信氏同之言, 而憐其捐命, 不復暇問, 直入楊婆之房,

117 汝矣宅: 너희 댁. '矣'는 이두.

118 新門: 새문. 서대문, 곧 돈의문敦義門의 다른 이름.

見楊婆, 髮垂亂蓬, 腥臭朽魚, 戰身若觸風之狀, 已成鬼形. 傍有二女, 涕泣扶坐. 生不勝悽惻, 進執其手曰:

"娘且鎭靜. 此何貌樣耶?"

楊婆初不識之, 後乃記之, 以喉內之聲曰:

"郎君以千金之身, 何犯虎口耶?"

生見其臨死之人, 猶有愛惜於自家之心, 尤不勝慷慨, 涕自然迸于頰. 生曰:

"聞娘之欲殞, 將欲致一言, 使長逝者魂魄, 不作黃壤之私恨無窮, 故倒屣而來."

楊婆始起頭坐曰:

"已死之身, 有何言耶?"

老楊具米飮以進, 生使之强飮. 楊婆乃開喙飮之, 未幾, 又吐于臺野.[119] 生使之復飮而臥, 謂曰:

"娘之欲死者何歟? 娘旣有識, 請以古語誘之. 人莫不貪生而惡死, 死有重於泰山, 或輕於鴻毛, 用之所推移也. 人之於世, 不病而死, 則必老而死. 然至於自處, 則必有其名. 昔伯夷死以廉, 比干死以忠, 愛卿死以節, 盜跖死以利. 今娘之所事, 不關於廉忠節利之名也. 死去之後, 人必譏之曰: '潛奸而爲本夫所擧, 不勝其羞而致殞.' 以娘之貞行, 受此不測汚名而沒世乎? 娘

119 臺野: 대야. 우리말의 음사音寫.

之貞行, 吾獨知之, 有誰知之耶? 不可戶語而人說也. 何不料之甚也? 隱忍苟活, 自有洗身之日, 然後大聲而致死于街路, 可也."

楊婆乃起身, 定氣垂泣曰:

"此世之上, 生妾之父母, 猶不知妾之心事, 懷妾之夫婿, 猶不知妾之心事, 況同氣與同僚, 何足道哉? 知妾者, 獨郎君. 今郎明言之, 可知妾之不通也. 妾必欲效綠珠、碧玉之事,[120] 一死都無事, 平生恨有身,[121] 故欲死而無悔也."

生曰:

"皆有所當然后行也. 若使綠珠、碧玉, 當娘之勢, 必不爲娘之事矣. 故爲可爲於可爲之時則從, 爲不可爲於不可爲之時則誤矣, 切不可妄念也."

楊婆點頭而笑, 老楊亦笑, 復進粥而慰賜焉. 生見張進士而稱笑焉. 翌日, 聞楊婆服食如前云.

楊婆旣甦, 仲約使士先請於李生曰:

"楊婆本非兄之名目也, 以一時過房, 有何嫌耶? 仲約旣慕其色, 必生疾病也. 觀其氣色, 非兄, 莫可以動楊婆之意也. 若兄誠一開口, 則使仲約得叙生平之怨也."

120 事: 원문에 이 글자 밑에 점을 찍어 상단에 기입한 "一死都無事, 平生恨有身"을 이 자리에 끼워 넣으라는 표시를 해 놓았다.

121 一死都無事, 平生恨有身: 김병연金炳淵(김삿갓)의 「옥구 김진사」沃溝金進士라는 시에 이 구절이 보인다. 또 「열녀춘향수절가」에 "인생일사도무사"라는 말이 보인다.

生冷笑曰:

"旣餐之色, 又何使我?"

士先曰:

"果不肯也."

遂前設計之事及浮鼎逐出之端, 一一盡泄. 生猶不信之, 士先曰:

"若果修好, 則吾非張哥也."

生微笑矣. 其後仲約又面請, 生始知楊婆之無關於仲約, 而招達今於無人處問之, 達今之對, 與士先之語, 毫無所差. 生乃悔中間致意,[122] 自歎於心曰:

'使我思我, 楊婆之見莫知也!'

過歲而猶在京師, 生以友人之托, 抄『名臣錄』於北漢之僧迦寺, 語在遊山記. 楊婆所寄者多, 而不可盡編, 只以暮春所寄二首詩.

雲山超遞[123]恨難尋,
翹首登樓望信音.
芳草釀愁愁未了,

122 致意: 안부를 묻는다는 뜻. 이생이 양파에게 은반지 한 쌍과 '구별창연호재부' 久別悵然好在否라는 일곱 글자를 써서 보낸 일을 가리킨다.
123 超遞: '迢遞'와 같다. 까마득히 먼 모양.

有刀誰斷憶君心.　　　　右一首

憎看烽火起西峰,
寒樹暝生又打鍾.
怊悵不知今日別,
對人垂泣說初逢.　　　　右其二

士先及中約, 無日不懇請. 生不得已, 一日與楊婆相遊, 語及仲約之請. 楊婆聽罷, 謂生曰:

"郎君欲戱耶? 實耶?"

生見其語, 意已舛, 乃曰:

"果戱也."

楊婆曰:

"吾以郎君謂眞士也, 今也則非也."

於是, 変乎色者良久, 低頭垂涙者移時, 曰:

"吾於郎君, 雖非結髮, 所以交情勝於結髮者, 以其心也. 今何語之妄率耶?"

自此以後, 不與慇懃,[124] 邱山之情, 雪消雲散, 金石之約, 風飛雹零, 難可復合.

124 懃: 원문에는 "勤"으로 되어 있다.

時張進士, 又移居于壯洞〔去竹洞近十里〕,[125] 楊婆又移舍于小竹洞, 堂婆亦移肆於六害前, 無復見面矣.

時景福宮役事[126]方張, 僧尼無難出入於城內. 生逢道宣庵之恒大師於路, 引見於廣州留守戶房俾[127]將閔魯瞻. 閔俾將見而美之, 薦爲南漢摠攝〔僧將也〕[128]焉.

秋七月晦, 生忽逢堂婆於六害前, 乃書李靑蓮[129]詞,[130] 送于楊婆之家, 曰:

愛君芙蓉嬋娟之艶色,
色可餐兮難再得.
憐君氷玉淸逈之明心,
情不極兮意已深.
朝共琅玕[131]之綺食,
夜同鴛鴦[132]之錦衾.

125 去竹洞近十里: 작자가 붙인 협주夾注.
126 景福宮役事: 원문은 '景福宮'부터 한 줄을 바꾸어 기록했다.
127 俾: '裨'와 통한다.
128 僧將也: 작자가 붙인 협주.
129 李靑蓮: 이백李白. '청련'靑蓮은 그 호.
130 詞: 사詞가 아니라 시詩이다.
131 琅玕: 진귀하고 아름다운 물건을 비유하는 말.
132 鴛鴦: 원문에는 "元央"으로 되어 있다.

恩情婉孌[133]忽爲別,
使人莫錯[134]亂愁心.
亂愁心,
涕如雪.
寒燈厭[135]夢魂欲絶,[136]
覺來相思生白髮.
盈盈漢水若可越,
可[137]惜淩波步羅襪.
美人兮美人兮歸去來,
莫作朝雲暮雨飛陽臺.

楊婆見之歎泣, 長歎不忍讀曰:

"李郎可謂信而多情者也! 各散以後, '侯門一入深如海, 從此蕭郎是路人',[138] 猶不忘薄情之身也."

133 婉孌: 원문에는 "孌戀"으로 되어 있으나 『이태백집』李太白集에 의거하여 바로잡았다.

134 莫錯: 원문에는 "錯莫"으로 되어 있으나 『이태백집』에 의거하여 바로잡았다.

135 厭: 원문에는 "壓"으로 되어 있으나 『이태백집』에 의거하여 바로잡았다. '厭'은 '魘'과 같다.

136 絶: 원문에는 "結"로 되어 있으나 『이태백집』에 의거하여 바로잡았다.

137 可: 원문에는 "何"로 되어 있으나 『이태백집』에 의거하여 바로잡았다.

138 侯門一入深如海, 從此蕭郎是路人: 당나라 헌종憲宗 때의 시인 최교崔郊의 시 「여종에게 주다」(贈婢)에 나오는 구절. 소설에 흔히 인용하는 시구다. 최교의 시 전

遂開花箋, 修答以送, 曰:

薄命妾楚玉, 上李郎君旅案下.

伏以前生罪積, 今世降下, 萬縷紅愁, 千絲碧怨, 付之於百年之內. 嗟呼! 百年雖暫, 一日如秋,[139] 爲君之思, 傷何如之? 靑靑草, 洋洋波, 無情出, 無情逝, 銷魂橋[140]上人垂淚, 送客亭[141]邊馬走鞭. 山牽別恨和愁斷, 水帶離情入夢長,[142] 靄停雲之八表,[143] 恍落月之滿梁,[144]

문은 다음과 같다: "公子王孫逐後塵, 綠珠垂淚滴羅巾. 侯門一入深如海, 從此蕭郎是路人." 원문에는 '是'가 "視"로 되어 있으나 바로잡았다.

139 一日如秋: 일일여삼추一日如三秋. 『시경』 왕풍王風 「채갈」采葛에 "彼采蕭兮, 一日不見, 如三秋兮"라는 구절이 보인다.

140 銷魂橋: 파교灞橋의 별칭. 오대五代 왕인유王仁裕의 『개원천보유사』開元天寶遺事에 실린 「소혼교」銷魂橋에 "長安東, 灞陵有橋, 來迎去送, 皆至此橋, 爲別離之地, 故人呼之銷魂橋也"라는 구절이 보인다.

141 送客亭: 이백李白의 시 「노로정」勞勞亭에 "天下傷心處, 勞勞送客亭"이라는 구절이 보인다. '노로정'은 삼국시대 오吳나라 때 남경南京 서남쪽에 세운 정자로, 『경정건강지』景定建康志에 "勞勞亭, 在城南十五里, 古送別之所. 吳置亭在勞勞山上"이라는 말이 보인다.

142 山牽別恨和愁斷, 水帶離情入夢長: 원문에는 쌍행雙行의 세자細字로 적혀 있으나 맥락상 본문의 일부로 보아야 한다.

143 靄停雲之八表: 도연명陶淵明의 시 「정운」停雲 중 "靄靄停雲, 濛濛時雨, 八表同昏"에서 따온 구절. 원문에는 '靄'가 "藹"로 되어 있고 '八'이 "入"으로 되어 있으나 바로잡았다.

144 恍落月之滿梁: 두보杜甫의 시 「꿈에 이백을 보고」(夢李白) 중 "落月滿屋梁,

星移雨散,[145] 水遠山長,[146] 廓落悲秋之宋玉, 凄凉彈鋏之齊客. 江雲渭樹, 亦稀魚鴈之路, 花朝月夕, 空想雲雨之夢. 安得挽天河之水, 以洗此萬端之愁乎? 若有重緣, 必得再逢, 唯郎君勉之.

又有詩:

歸來忍掃席上塵,
原有郎君坐臥痕.
一日平分時十二,
無時無日不思君.[147]

春雨梨花白,
霄殘小燭紅.

猶疑照顏色"에서 따온 구절.

145 星移雨散: '星離雨散'의 착오로 보인다. 이백의 시 「옛날 함께 노닐던 일을 추억하며 초군譙郡 원참군元參軍에게 주다」(憶舊遊寄譙郡元參軍)에 "當筵意氣凌九霄, 星離雨散不終朝"라는 구절이 있다.

146 水遠山長: 송나라 신기질辛棄疾의 사詞 「임강선」臨江仙에 "憶得舊時携手處, 如今水遠山長"이라는 말이 보인다.

147 一日平分時十二, 無時無日不思君: 「영영전」英英傳의 삽입시에서 따온 구절. 「영영전」에는 "一日平分十二時, 無時無日不相思"로 되어 있다.

棲鴉驚曙色,

梁鷰恸晨月.

錦幕凄凉捲,

銀床寂寞空.

呼我楊婆客,

芳名他日隆.[148]

生亦下鄉里, 自此參、商之隔矣.

其翌年丙寅春, 國家嘉禮,[149] 李生上京, 留閔宮. 時閔宮大小眷, 盡陪中宮殿,[150] 而留興寅君之私第, 而安洞一空矣, 只留門客許進士、尹司果、閔參奉及李生四人而已.[151] 尹司果請于生曰:

"今禮曺招各官妓生習儀云, 願招名妓消日, 如何?"

生曰:

"自家招之, 可也."

148 春雨梨花白~芳名他日隆: 허난설헌의 5언 율시 「심아지沈亞之의 시를 본떠 짓다」(效沈亞之體) 중 앞의 여섯 구를 몇 글자 고쳐 옮기고, 마지막 두 구만 새로 지은 것이다. 허난설헌의 시는 다음과 같다: "春雨梨花白, 宵殘小燭紅. 井鴉驚曙色, 梁燕怯晨風. 錦幕凄涼捲, 銀床寂寞空. 雲軿回鶴馭, 星漢綺樓東."

149 國家嘉禮: 원문은 이 구절 앞에 한 칸을 비웠다.

150 盡陪中宮殿: 원문은 '中宮殿' 앞에 한 칸을 비웠다.

151 只留門客~四人而已: 원문에는 쌍행雙行의 세자細字로 적혀 있으나 맥락상 본문의 일부로 보아야 한다.

尹曰:

"當今莫如兄也."

生乃招留宮別陪, 往禮曺招妓生. 禮曺所送者三名, 皆醜庸不出,[152] 退而復招, 亦然. 禮曺書吏輩, 雖以閔府之令, 不得已送妓, 妓中有名者, 不肯來之故也.[153] 尹曰:

"明日早朝, 吾輩齊往禮曺點考時, 含其絶美者名而來, 題名而招, 則未必不來矣."

生曰:

"如此甚好!"

其翌早, 四人及廳直尙眞, 別陪二名前導而往禮曺, 見妓生數百羅列庭前, 香風震動, 明眸朱唇, 箇箇一等. 日前招到者, 不敢入於其類, 只使喚於前矣. 妓生中, 舜紅、錦玉、桂香、花玉、采紅等, 出凡矣.[154] 回看一處, 百隊紅粧, 盛首飾而環立於場. 生曰:

"彼亦妓乎?"

尙眞曰:

"女伶也."

生問:

152 不出: '못나다'라는 뜻의 조선식 한문.

153 禮曺書吏輩~不肯來之故也: 원문에는 쌍행의 세자로 적혀 있으나 맥락상 본문의 일부로 보아야 한다.

154 妓生中~出凡矣: 원문에는 쌍행의 세자로 적혀 있으나 맥락상 본문의 일부로 보아야 한다.

"女伶[155]亦妓耶?"

尙眞曰:

"五部字內[156]中良家女, 而出家未及生産者, 皆擢入于此, 習儀而用大禮也. 一選于此, 或願爲妓生, 或背本夫而他適, 無關也."

生曰:

"何也?"

眞曰:

"選入此者, 家饒者, 有侍婢及其夫守之, 別爲下處[157]而留, 則雖外入者,[158] 不敢近之, 衣服首飾, 皆自備, 故內外嚴肅. 若家貧而不能自備者, 則誤入者[159]誰某請自當, 乃嘉禮前, 爲其人之妻, 雖嘉[160]禮後, 永願爲其人之妻, 本夫不敢言."

生曰:

"自備所入, 幾何?"

眞曰:

"四五百金云."[161]

155 伶: 원문에는 "倰"으로 되어 있으나 바로잡았다.

156 字內: 도성을 각 영營에서 분장하여 경호하던 구획의 안.

157 下處: 사처. 묵는 집을 이른다.

158 外入者: 오입쟁이.

159 誤入者: 오입쟁이.

160 嘉: 원문에는 "家"로 되어 있으나 바로잡았다.

生乃往觀女伶之人物, 而場內出立, 卽現身之女也. 場外步轎中未出立者, 新捉來者. 每轎之前, 捕校押領, 而轎後, 媤親間族人隨立焉. 誤入無賴之漢, 連翩而到, 轎轎詳考, 而或捲珠簾, 論其姸媸, 無忌焉.[162] 忽一被布袍老者, 拜謁於前. 生訝視之, 乃老楊也. 生曰:

"汝胡爲來也?"

老楊曰:

"小人之婦, 被捉於女伶而來也."

指其前轎曰:

"此也."

楊婆聞李生之音聲, 卽捲珠簾而出, 執手流涕曰:

"世間豈有如此変乎? 直欲致命, 則不忠於國, 欲承命, 則不忠於夫, 豈非兩難乎? 若自備, 則所入爲五百餘金, 貧家何以當之? 以二百金納賄, 請存拔, 而捕校不聽, 被捉到此, 幸逢郎君, 願解此唐荒, 如何?"

時誤入豪漢四五, 見生踈人爲女伶所執而語, 怒而直前, 厲聲曰:

161 生問, 女伶亦妓耶~四五百金云: 원문에는 쌍행의 세자로 적혀 있으나 맥락상 본문의 일부로 보아야 한다.

162 誤入無賴之漢~無忌焉: 원문에는 쌍행의 세자로 적혀 있으나 맥락상 본문의 일부로 보아야 한다.

"何許人斯敢唐突乎?"

霎時間, 無賴輩雲聚環立, 拳近之風, 將起於目前. 尙眞望見, 與別陪大呼向生, 前辟諸漢曰:

"你等謂何許而安敢乃爾?"

別陪甲得, 將睜目忤視者一人, 批頰如破竹聲, 諸漢皆星散. 當是時, 以嘉禮之風, 閔宮廳直、別陪號令, 勝捕將[163]十倍故也.

閔、許、尹三友, 繼至謂生曰:

"此女伶, 誰也?"

生曰:

"曾吾所眄之娘."

閔黍奉曰:

"莫是楊婆耶?"

生曰:

"然."

閔曰:

"久飽才名, 今始面對, 果名不虛得."

尙眞曰:

"旣如此, 此女伶不可不存拔."

立呼押領捕校, 則着氈笠者二名應而出. 尙眞使別陪脫氈而

163 捕將: 포도대장捕盜大將.

跪伏, 數曰:

"汝等當笞臀矣, 非但不知而致之錠除良,[164] 當大禮故, 十分安恕. 此女佮, 卽爲存拔以聞."

捕校應命而去. 已而, 與一書吏, 持文書冊而來, 問名墨濁, 其下懸註曰: "以閔府令存拔, 使尙眞着啣焉."[165]

老楊聳喜曰:

"猶勝於未捉之時, 如撥雲霧而睹白日矣."

楊婆又垂淚曰:

"此乃皇天默佑, 神明指示也. 豈郎君之所可期, 賤妾之所可望哉? 患生於無望, 亦和於無望, 妾以何誠, 有此天佑哉? 若生菜之入沸鼎, 不得不烹而將爲衆人之嗜矣, 忽龜坼[166]之逢甘雨, 鴻毛之遇順風, 八年兵後南宮大宴, 「春香歌」裡御史出道, 何以加此?"

閔叅奉請於李生曰:

"楊婆可以率向閔宮, 談話雖半晌, 何如?"

生未及對, 尙眞曰:

"自此直送渠家, 則恐有中間生变, 必使別陪領向安洞, 徐徐

164 錠除良: 뿐더러. 이두 표기이다. 원문에 작은 글씨로 적혀 있다.

165 其下懸註曰~使尙眞着啣焉: 원문에는 쌍행의 세자로 적혀 있으나 맥락상 본문의 일부로 보아야 한다.

166 坼: 원문에는 "圻"으로 되어 있다.

送于本家, 甚便."

老楊亦然之. 生使楊婆上轎, 老楊隨其後. 閔綠奉敎別陪, 於行廊爲楊婆別設朝飯, 而兼待老楊及轎軍也. 別陪領諾而行.

於是, 見楊婆之還者, 女伶及妓生等, 爭往視之, 若蜂擁蟻屯, 轎軍不能前矣. 時習唱者碧城妓花玉、平壤妓舜紅者, 不但色態歌舞之出衆, 抑有文有辨, 而名宰相家, 無不押近也. 素聞楊婆之名, 卽往請停轎, 而與楊婆相爲酬酌焉.

花玉曰:

"吾聞楊娘子之聲華, 久矣, 恒願一造, 而今忽相對, 眞名下無虛士也. 旣禀天生之麗質, 又有拔萃之妙才, 坐送無知之家, 猶塵土之埋玉, 誠爲可惜! 然而潛交外鄕之一腐儒, 自以爲貞行, 可乎? 若欲爲非分之行, 則可以隨俺等, 擺[167]脫身世, 求竹於楚岸, 采玉於藍田, 英雄豪傑, 無不接席, 奇貨異寶, 無不接手, 出則銀鞍白馬, 入則錦帳繡戶,[168] 衣則齊紈蜀帛, 食則精飯玉粲, 逍遙於一世之上, 行樂於百年之間, 絲竹以弄世, 歌舞以暢意, 死可無恨, 生可有光. 豈可區區掬束, 欲求貞靜, 反爲人笑耶?"

楊婆曰:

"日月雖蝕, 何損於明, 河海雖濁, 何害於大? 吾之言行, 雖不

167 擺: 원문에는 "罷"로 되어 있으나 바로잡았다.

168 繡戶: 부녀자가 거처하는 화려한 방.

足称道, 亦何害於貞耶? 志不変常, 故其行雖迂, 可以續原也; 言不悖理, 故所事雖非, 亦不違天也. 今君輩之繁華於此世, 乃昔日褒姒[169]楊妃[170]之所爲也. 見利背恩, 向貨失德, 大可亡國, 小可亡家, 自然爲累之不小也. 吾何取之哉?"

花玉笑曰:

"臧氏讀書而亡羊, 穀氏博塞以亡羊, 雖書博異道, 亡羊均也.[171] 今娘子之所言, 豈非以五十步笑百步者乎?"

楊婆曰:

"菊花之英必於霜, 梅花之馨必於雪, 雖無其實, 亦不失於其節也. 是以, 擧世皆濁, 可以淈其泥而揚其波, 衆人皆醉, 可以餔其糟而啜其醨,[172] 豈可獨淸而獨醒哉? 人非堯、舜, 何能盡美? 然而飯蔬食飮水, 曲肱而枕, 樂在其中矣,[173] 豈能以淫於貨色

169 褒姒: 서주西周의 마지막 임금인 유왕幽王의 총희. 포사가 웃는 모습을 보이지 않자 유왕은 봉화를 올려 제후를 모이게 했는데, 제후들의 허둥대는 모습에 포사가 웃자 유왕은 같은 일을 여러 차례 반복했다. 훗날 반란이 일어나서 봉화를 올렸으나 제후들이 장난으로 여겨 오지 않는 바람에 서주는 패망에 이르렀다.

170 楊妃: 양귀비楊貴妃.

171 臧氏讀書~亡羊均也: 『장자』 「변무」騈拇에 나오는 말. 『장자』의 해당 원문은 다음과 같다: "臧與穀二人, 相與牧羊, 而俱亡其羊. 問臧奚事, 則挾筴讀書; 問穀奚事, 則博塞以遊. 二人者, 事業不同, 其於亡羊, 均也." '博塞'는 노름을 뜻한다.

172 擧世皆濁~而啜其醨: 굴원屈原의 「어부사」漁父辭에서 따온 말. 「어부사」에는 "世人皆濁, 何不淈其泥而揚其波; 衆人皆醉, 何不餔其糟而歠其醨"로 되어 있다.

173 飯蔬食飮水~樂在其中矣: 『논어』 「술이」述而에 나오는 말. 『논어』에는 "飯疏食飮水, 曲肱而枕之, 樂亦在其中矣"로 되어 있다.

者幷駈耶? 楊朱泣岐路, 謂: '其可以東, 可以西.'; 墨子悲染絲, 謂: '其可以黃, 可以赤.' 故聖人作『春秋』, 曰: '罪我者, 其唯『春秋』, 知我者, 其惟『春秋』乎!'[174] 今吾之所行, 罪之者, 不可無也, 知之者, 不可無也."

舜紅恐傷楊婆之意, 乃拂花玉之語曰:

"純樸不殘, 孰爲犧樽? 白玉不毁, 孰爲珪璋?[175] 丹青不施, 孰爲采色? 宮商不調, 孰爲音律? 脂粉不飾, 孰爲冶容? 仁義不修, 孰爲君子乎? 若不交於李郞, 則楊娘子之名, 何能遺芳哉? 且兩娘子之言, 皆不足称也. 願少踟躕, 而聽吾言也. '立我蒸民, 莫非爾極',[176] 非吾所關; '鑿井而飮, 耕田而食', 非吾所關. 但吾所關者, 李花、桃花、杏花, 詩家、酒家、娼家. 人間苦樂, 付之於東流之水, 而暮春者, 童子六七人, 冠者五六人, 追曾氏之風浴.[177] 不然, 則'寓形宇內復幾時, 曷不委心任去留? 富貴非吾願, 帝

174 罪我者~『春秋』乎: 『맹자』「등문공 하」滕文公下에 나오는, 공자의 말. 『맹자』에는 "知我者, 其惟『春秋』乎! 罪我者, 其惟『春秋』乎!"로 되어 있다.

175 純樸不殘~孰爲珪璋: 『장자』「마제」馬蹄에 나오는 말. '순박'純樸은 자연 그대로의 나무를 뜻한다.

176 立我蒸民, 莫非爾極: 『시경』 주송周頌 「사문」思文에 나오는 구절. 『시경』에는 '非'가 '匪'로 되어 있다.

177 暮春者~追曾氏之風浴: 공자가 제자들에게 각자 하고 싶은 일을 말해 보라고 한 데 대한 증점曾點의 대답으로, 『논어』「선진」先進에 나온다. 『논어』에는 "莫春者, 春服旣成, 冠者五六人, 童者六七人, 浴乎沂, 風乎舞雩, 詠而歸"로 되어 있다.

鄕不可期',[178] 效彭澤[179]之歸來. 其詩曰:

百年假使人人壽,
憂樂中分未百年.
況是百年難盡數,
不如長醉百年前.[180]

又曰:

有耳莫洗潁川[181]水,
有口莫食首陽蕨.
含光混世貴無名,
何用孤高比雲月?

今日邂逅, 信生平不二得也. 雖無其酒, 旣唱其詩, 則那無其歌乎?"

178 寓形宇內~帝鄕不可期: 도연명의 「귀거래사」歸去來辭에 나오는 구절. 「귀거래사」에는 원문의 '去留'와 '富貴' 사이에 "胡爲乎遑遑欲何之"가 더 있다.
179 彭澤: 팽댁 현령縣令을 지낸 도연명을 말한다.
180 百年假使人人壽~不如長醉百年前: 본래 권주가勸酒歌로 불리던 시조를 한시로 옮긴 것이다.
181 潁川: 영수潁水.

歌曰:

滄浪之水濁兮,
可以濯吾足.
滄浪之水淸兮,
可以濯吾纓.[182]
淸濁雖自取,[183]
莫能使滄浪之水常獨淸.

再唱曰:

三千珠履,
十二金釵,[184]
謝東山[185]之風流,

182 滄浪之水濁兮~可以濯吾纓: 굴원의 「어부사」에 나오는 구절. 「어부사」에는 "滄浪之水淸兮, 可以濯吾纓; 滄浪之水濁兮, 可以濯吾足"으로 되어 있다.
183 淸濁雖自取: 공자가 「창랑가」를 듣고 한 말에서 따온 구절로, 『맹자』 「이루 상」離婁上에 보인다. 『맹자』에는 "淸斯濯纓, 濁斯濯足矣, 自取之也"로 되어 있다.
184 三千珠履, 十二金釵: 『금병매』 제45회에서 인용한 북송北宋 유영柳永의 사詞 「옥호접」玉蝴蝶의 한 구절. 당나라 백거이白居易의 시 「사암思黯(우승유牛僧孺)이 장난삼아 지어 보낸 시에 화답하다」(酬思黯戲贈, 同用狂字)에 "鐘乳三千兩, 金釵十二行"이라는 구절이 보인다.
185 謝東山: 동진東晉의 재상 사안謝安을 말한다. '동산'東山은 그 호이다.

孔北海[186]之樽罍.
籬外香風花影動,
佳人初試薄羅衣,
杏花踈影裡,
吹笛到天明.
古今多少恨,
漁唱起三淸,[187]
舊遊夢掛碧雲情.[188]

三闋[189]曰:

玉盤轉明珠,
我心無定準,[190]

186 孔北海: 후한後漢의 문신·학자 공융孔融을 말한다. 헌제獻帝 때 북해北海(산동성의 지명)의 재상을 지냈기에 '공북해'라 불렸다.

187 杏花踈影裡~漁唱起三淸: 송나라 진여의陳與義의 사詞 「임강선—밤에 작은 누각에 올라 예전 낙양에서 노닐던 일을 추억함」(臨江仙—夜登小閣憶洛中舊游) 중 "杏花疏影裡, 吹笛到天明. (…) 古今多少事, 漁唱起三更"에서 따온 구절. 원문에는 '漁'가 "魚"로 되어 있으나 바로잡았다.

188 舊遊夢掛碧雲情: 북송北宋 하주賀鑄의 사詞 「임강선臨江仙—입춘」 중 "舊遊夢掛碧雲邊"에서 따온 구절.

189 闋: 가곡歌曲이나 사詞를 세는 단위. 원문에는 "訣"로 되어 있으나 바로잡았다.

190 玉盤轉明珠, 我心無定準: 당나라 장조張潮의 악부시 「양양행」襄陽行에서 따

學海泛虛舟,

郎意不可遵.

願君行樂駐華年,[191]

一盃一盃又一樽.[192]

歌罷, 楊婆凄然曰:

“吾生長僻陋之地, 未嘗得見繁華之場, 今日娘等爲我酬唱, 半晌之德, 何以相報耶?”

乃於篋中, 將香羅巾二段, 分與兩妓曰:

“今此一場之穩, 實千古難忘, 故將此微物以表情, 而非謂娘等篋笥中無此物而然也. 亦非欲爲以充於娘等之眼目也. 只以不忘之意也. 願勿以薄陋而却之, 如何?”

兩妓受而笑曰:

“在情不在物也. 若推而辭之, 則非邂逅間待接狀, 故領之矣.”

乃各謝別.

楊婆之轎, 旣出青門, 如場觀者, 莫不嗟歎而浮魂矣. 誤入者,

온 구절. 「양양행」에는 “玉盤轉明珠, 君心無定准”으로 되어 있다.

191 願君行樂駐華年: 북송 하주의 사詞 「안후귀」雁後歸에서 따온 구절. 「안후귀」에는 “願郎宜此酒, 行樂駐華年”으로 되어 있다.

192 一盃一盃又一樽: 이백이 지은 「산중대작」山中對酌의 “一盃一盃復一盃”에서 따온 말이다.

相與歎曰:

"楊婆旣呑而復吐, 那不切痛?"

一人曰:

"此等人物, 豈可與女伶幷列耶?"

尹司果聞之曰:

"今日空爲李兄唾令也."[193]

尙眞曰:

"俄者, 非小人, 則李書房主, 必逢敗也. 其中一人謂小人曰: '彼兩班誰也?' 小人答曰: '當今府院君宅如此如此', 敎是也, 聞之者, 無不從風而靡矣."

旣至安洞, 朝飯已具, 而楊婆之床, 果別卓也, 楊婆不勝感激焉. 飯後, 各携烟竹, 與楊婆入內, 自內堂及外堂, 盡玩之, 轉至感古堂.[194] 生指金字懸板曰:

"此乃御筆也. 卽昔日閔中殿[195]坐定之堂也."

楊婆卽下堦四拜焉. 又至山亭, 見奇禽異獸, 奇花異草, 暎帶左右, 飛走上下. 李生乃折一枝暎山紅, 以給楊婆, 曰:

193 空爲李兄唾令也: 공연히 이생을 위해 예조에서 예쁜 기생을 불러오자고 자꾸 타령을 했다는 말. '唾令'은 우리말 '타령'의 음사音寫. 한자로는 보통 '打令'으로 표기하는데, 여기서는 '唾令'으로 표기했다.

194 感古堂: 원문에는 '古'가 "舊"로 되어 있으나 바로잡았다.

195 閔中殿: 원문에는 민비閔妃를 높이기 위해 '閔' 자부터 한 줄을 바꾸어 기록했다.

"此花比前鳳仙花, 何如?"

楊婆曰:

"眞生世之英也!"

生曰:

"娘與我同此花而榮, 則何若?"

楊婆曰:

"郎君不久必與此花同榮, 妾則此生已矣."

時日欹午, 楊婆請去. 閔叅奉令少待. 已而, 自熟設所, 大卓珍羞來到. 閔叅奉一不下箸, 盡爲封給楊婆, 使之領去. 楊婆百拜致謝而去. 李生謂閔叅奉曰:

"甚矣, 兄之爲弟也! 何如是周旋哉?"

閔曰:

"非但爲兄, 接其擧動, 不得不如是也."

後始訪楊婆於少竹洞, 老楊迎入楊婆之閨, 與之相對, 其喜可知矣. 楊婆曰:

"郎之誇妾於四面, 可知矣."

生曰:

"何也?"

對曰:

"向者, 閔叅奉云: '莫是楊婆耶?' 豈非誇張所使歟?"

生笑之.

四月生下鄕, 六月復上京, 而時洋賊之報, 甚急, 京師諸家, 皆避亂于外鄕, 楊婆之家, 亦在其中. 從此永斷, 可謂飛去西洋風矣. 李生亦下鄕, 未知將來之如何耳. 其後聞於仲約及永必, 則楊婆與仲約, 雖未通情, 後相面甚款矣. 又言楊婆背本夫, 而不知下落,[196] 是誠然乎?

鄭公輔曰: "古有以天子而友匹夫, 以大將軍而有揖客, 未聞以紅顔而交布衣也. 楊少婦, 果紅粉中義氣稱俠者也. 且觀変乎色者良久, 低頭垂泣者移時, 則非可以俗例待之者[197]也."

曾經滄海難爲水, 除却巫山不是雲.
爲問花叢前後事, 半緣春色半緣君.[198]

196 下落: '행방'이라는 뜻의 백화.

197 非可以俗例待之者: 시속時俗의 관례로 대우해서는 안 될 사람, 곧 하층의 비천한 여자로 대해서는 안 될 사람이라는 뜻.

198 曾經滄海難爲水~半緣春色半緣君: 당나라 원진元稹의 시 「이사」離思(그리움) 5수 중 제4수를 몇 글자 바꾸어 인용한 것이다. '창해'滄海는 본래 『맹자』 「진심상」盡心上의 "바다를 본 사람에게는 다른 물은 성에 안 찬다"(觀于海者難爲水)라는 구절에서 따온 말이다.

해설

‘사랑의 윤리’를 묻다

「포의교집」布衣交集은 19세기 후반에 창작된 한문 중편소설로, 서울대학교 규장각한국학연구원에 소장되어 있는 필사본이 현재 유일본으로 전한다. 작품 종반부에 고종高宗과 민비閔妃의 가례嘉禮 준비를 배경으로 삼은 서사가 있고, 병인양요丙寅洋擾를 가리키는 것으로 보이는 상황 서술이 있어 창작 시기는 1866년(고종 3) 이후로 추정된다. 이 작품은 오랫동안 문집류文集類로 분류된 채 연구자들의 눈길을 받지 못하다가 1998년에야 조선 후기 고전소설의 하나로 학계에 보고되었다. 작자는 작품 끝에 후평後評을 단 정공보鄭公輔일 것으로 추정된다. 평자評者가 후평 뒤에 붙인 결사結詞 성격의 시가 작품 속에 삽입된 여주인공의 시와 유사한 차용 수법을 썼기에 평자와 작자가 동일 인물이라고 보는 것인데, 작자에 대한 구체적 정보는 아직 밝혀진 바 없다.

「포의교집」은 기혼 남녀의 사랑 이야기를 작품의 골간으로 삼았다. 「포의교집」에 앞서 1809년(순조 9)에 창작된 한문소설 「절화기담」折花奇談이 기혼 남녀의 불륜을 애정소설의 새로운 제재로 삼은 바 있다. 「절화기담」이 1792년(정조 16)부터 1794년까지의 서울을 배경으로 삼은 데 반해 「포의교집」은 약 70여 년의 시차를 둔 1864년부터 1866년까지의 서울 대전골(죽동竹洞) 일대를 무대로 삼았다. 조선 시대 한문 중단편소설의 주류 역할을 해 온 애정전기愛情傳奇 전통을 계승하되 남녀 주인공을 모두 기혼자로 설정하면서 '불륜'을 애정소설의 새로운 제재로 편입한 점이 두 작품의 공통 특징이다. 반면 서사를 확장하여 작품 전반에 걸쳐 19세기 서울의 풍속을 현실감 있게 그려 내는 한편 극단적인 설정을 통해 인상적인 캐릭터를 창조하고 새로운 시각에서 애정 문제를 제기한 점은 「포의교집」의 창안에 속한다. 특히 「포의교집」의 여주인공 양파楊婆, 곧 초옥楚玉은 한국 고전소설사에서 유례를 찾기 힘들 만큼 파격적인 인물로 그려져 강렬한 인상을 남긴다. 이 때문에 「포의교집」 연구는 여주인공에 초점을 맞추어 진행되었고, 그 결과 초옥은 '근대적인 개아의식個我意識의 소유자', '진정한 욕망의 주체', '남성 지배 체제에 맞서는 반열녀反烈女', '정절 윤리의 질곡을 벗어나 자신의 성적 주체성을 실현하려는 여주인공' 등으로 규정되어 왔다. 서술자의 시선에 주목할 때 초옥이 과연 시대를 앞서 당당하게 자신의 욕망을 주장한 '문제적 개인'으로 시종일관 그려졌는지에 대해서는 의문을 제기할 수 있으나, 초옥의 파격적인 언행에는 분명 위와 같은 규정에 부합하는 측면이 존재한다.

「포의교집」은 부여扶餘 출신의 가난한 선비 이생李生과 절세미녀 초옥의 사랑을 그렸다. 애정소설로 퍽 독특한 제목인 '포의교집'布衣交集은 '포의의 사귐'이라는 뜻이다. 제목부터 작품 서두의 서사序詞와 서문 및 후평에 이르기까지 표면적으로 드러난 작자와 평자의 지향은 일관되어 있으니, 바로 신분과 지위의 높낮이를 떠난 사귐, 곧 가난한 선비와 의기 있는 미녀의 진실한 포의지교布衣之交를 기리는 것이다. 여주인공 초옥의 꿈 역시 '포의지교'에 있었으나 실제 작품은 초옥의 기대와 달리 진행된다.

남주인공 이생은 좋은 집안 출신이지만 재주가 변변찮고, 마흔 넘은 나이에도 학업을 팽개친 채 놀기만 좋아하던 한량이다. 고향에서 천대받는 신세였던 이생은 세도가와 인척을 맺어 벼슬길에 나아가 보려고 상경했다. 이생이 고향 친구 장진사張進士의 서울 대전골 집에 기숙하게 되면서 처음 한 일이란 벼슬아치들의 직관職官과 이력을 기록한 『진신록』縉紳錄을 베껴 쓰는 것이었다. 이처럼 「포의교집」의 작자는 작품 서두부터 이생을 어떻게든 연줄을 잡아 벼슬을 해 보려는 속물 시골 양반의 전형으로 그려 내고자 했다. 이생과 초옥의 만남 이후 보여준 이생의 태도는 모두 최초 모습의 연장선상에 있는바, 작품의 조연인 사선士先이 "가난한 데다 나이는 많지, 얼굴은 못났고 재주도 없는 사람"이라 했던 말은 작자의 시각과 별반 다르지 않다. 물론 그렇다고 해서 이생이 시종 부정적인 인물로 그려진 것은 아니다. 이생은 초옥이 꿈꾸던 '포의지교'

의 한 축을 이룰 만한 인물이 아닐 뿐, 우유부단하고 소극적이지만 염치를 알고, 양반으로서의 허세는 있지만 근본 심성이 악하지 않은 인물이어서 다른 고전소설에서 찾아보기 힘든 특징적인 캐릭터라 할 수 있다.

한편 여주인공 초옥은 도도한 성격의 절세미인이다. 17세의 어린 나이에 탁월한 시재詩才를 지녔고, 학식 또한 높아서 애정전기의 전형적인 여주인공이 가져야 할 조건을 모두 갖추었다. 다만 궁궐 시녀 출신으로 하인의 아내가 된, 천한 신분의 유부녀라는 점이 애정전기의 여주인공과 다르다.「절화기담」의 순매가 유부녀 여종이어서 초옥과 비슷한 처지이지만 순매는 초옥과 같은 시재와 교양을 갖지 못했다.「포의교집」의 이생에게「절화기담」의 이생이 지닌 재자才子의 면모가 발견되지 않는 반면 초옥은 순매에 비해 가인佳人의 면모가 한층 도드라진다.

「포의교집」의 서사 전개는 크게 셋으로 나누어 볼 수 있다. 이생과 초옥이 만나 사랑을 확인한 뒤 이생이 산사山寺에 다녀오기까지가 초반부, 이생과 초옥의 불륜이 초옥의 남편에게 알려지면서 초옥이 갖은 고초를 겪고 결국 이생의 실언으로 두 사람 사이가 소원해지며 관계가 흐지부지 끝나기까지가 중반부, 병인년(1866) 봄 고종과 민비의 가례를 서사 배경으로 삼아 이생이 곤경에 처한 초옥을 구하고 마지막 짧은 만남을 갖는 내용이 종반부에 해당한다.

이생이 우연히 절세미녀 초옥을 보고 한눈에 반한다는 작품 서두의 설정은 지극히 당연하다. 기색이 추상秋霜처럼 차가워 이생이 말 한 번 붙일 수 없던 초옥이 늙고 재주 없는 유부남 이생을 사랑하게 된 계기가 흥미롭다.

> 장진사 집에는 본래 중문中門부터 내문內門까지 차면담이 하나 있었으나 비바람에 형체도 없이 무너졌다. 그 바깥에 큰 우물이 있는데, 우물가에서 서헌西軒(이생의 거처)이 바라보였다. 물을 긷기 위해 날마다 사내들 십여 명이 왔다. 장진사 집이 한때 중인中人의 차지였기에 물 긷는 사내들이 그동안 스스럼없이 왕래했고, 게다가 담배를 피워대며 시끄럽게 떠드는 꼴이 무엄하기 짝이 없었다. 이생은 이들이 몹시 보기 싫어 당장 행랑채 사내들을 불러 물 긷는 사내 몇 명을 잡아들이게 한 뒤, 어떤 자는 기와 조각에 무릎을 꿇리고, 어떤 자는 엎어뜨려 곤장을 때렸다. 몇 차례 이렇게 하는데 위의威儀가 몹시 엄숙해서 그 뒤로는 감히 함부로 떠들거나 무례한 짓을 하는 자가 없었으며, 행랑채 사내들 또한 감히 중문 가까이에 그림자도 보이지 못했다.

이생의 행위는 힘없는 하층민에게 양반의 위세를 과시해 본 데

불과하다. 그러나 초옥은 이 장면 때문에 이생을 마음에 두게 되었다. 초옥은 이생이 호령하는 모습에서 사대부의 기상을 보았고, 이런 사대부라면 필시 빼어난 문장가일 것이라고 생각했다. 초옥의 착각이다. 이생은 작품 전편에 걸쳐 초옥의 기대에 전혀 부응하지 못하는, 국량 작은 인물로 그려져 있거니와, 작품 중반부에는 이생의 불호령을 듣던 하층민의 시각에서 이생의 허세를 조롱하는 장면이 직접 삽입되어 있기도 하다.

이생은 초옥을 사모하게 된 뒤 남몰래 초옥을 '양파'楊婆(양씨 할멈)라고 칭했고, 이후 초옥의 외모에 반한, 이생의 주변 인물 모두가 초옥을 '양파'라는 별명으로 불렀다. 이생과 그 주변 인물에게 초옥은 '양파'라는 별명으로만 일컬어져야 하는 은밀한 욕망의 대상이었다. 그들 자신도 젊은 유부녀 초옥을 탐하고 화젯거리로 삼는 것이 떳떳하지 못한 일인 줄 잘 알고 있었다. 작자 또한 초옥을 시종일관 진지한 시선으로 바라보지 못했다는 점은 작품 속에 삽입된 초옥의 시를 통해서도 확인된다. 작품 곳곳에서 초옥의 탁월한 시재詩才가 강조되었으나 초옥이 지었다는 시 중 3분의 2가량이 허난설헌許蘭雪軒 등 타인의 작품을 그대로 옮기거나 일부 구절을 고쳐 옮긴 것이며, 초옥이 자신의 진정眞情을 절절하게 토로하는 편지마저 유명한 시구를 모아 내용의 대부분을 채운 것이다. 이러한 작자의 희작戱作 성향은 향후 초옥의 문제 제기를 진지하게 이해하는 데 방해 요소로 작용한다.

가벼운 흥밋거리로 취급되던 초옥은 이생에게 봉선화의 의미를 묻는 장면에서 처음으로 내면을 드러냈다. 이 장면의 초옥은 진정어린 마음으로 자신의 불행한 신세를 토로하여 공감과 감동을 이끌어 낸 전대 애정전기, 이를테면 「운영전」雲英傳이나 「심생전」沈生傳의 여주인공과 흡사한 면모를 보인다. 초옥의 진지한 내면이 토로되면서 독자는 비로소 초옥의 불행한 처지에 주목하게 된다. 초옥의 진정眞情은 독자들의 동정을 이끌어 내기에 충분할 만큼 간절하다. 그러나 작품 서두의 설정, 곧 이생의 면모와 두 사람이 사랑을 느끼게 된 계기를 염두에 두고 보면 초옥의 슬픔은 독자에게 온전히 전달되기 어려운 측면이 있다. 주인공의 진정에 주목하는 시선과 주인공을 통속적 흥미 대상으로 삼는 시선이 모두 확인되는 것 또한 「포의교집」과 「절화기담」의 공통점인데, 「포의교집」의 이 장면 역시 두 시선이 교차 공존하는 사례에 해당한다.

초옥을 바라보는 작자의 시선은 작품 중반부에 이르러 큰 변화를 보인다. 과거를 앞둔 이생이 산사에서 선비들과 어울려 글을 읽던 사이 초옥의 남편이 아내의 불륜을 알아차린 것이 사건의 발단이다. 칼부림이 벌어져 초옥이 크게 다쳤으나 초옥은 조금의 뉘우침도 없이 행랑 여자들에게 공공연히 이생을 향한 일편단심을 알렸다. 폭력 사태 이후 거동이 어려워 일절 단장을 하지 않던 초옥은 이생이 산사에서 돌아왔다는 소식을 듣자마자 남편 앞에서 거울을 보고 화장을 해서 또 한 번 남편의 분노를 샀다. 그러나 초옥은 남편의 폭력을 전혀 두려워하지 않았다. 남편의 폭력으로 받은 고통쯤이야 이생과 헤어질 때 마음 아팠던 데 비하면 아무것도 아니라는 것이 초옥의 생각이다. 이생과 초옥의 만남을 주선했던 당파堂婆조차 초옥을 '겁 없는 아이'라 힐난하고 초옥의 남편을 두둔할 정도로 초옥의 언행은 매우 당혹스러운 것이었다. 어느 날 새벽 자신의 방으로 이생을 들였다가 시아버지에게 발각되고도 초옥은 태연자약했다. 당연히 이생이 걱정했지만 초옥은 자신과 이생의 관계를 온 동네가 다 아는데 무슨 걱정할 일이 있느냐는 태도다. 초옥의 남편이 또 한 번 무지막지한 폭력을 휘두르자 초옥은 몇 차례나 자결을 시도했다. 초옥은 믿었던 이생이 자신과 중약仲約의 만남을 주선하려 할 때까지 두려움 없는 사랑을 굳게 지켜 나갔다.

이처럼 작품 중반부의 초옥은 우리 고전소설사를 통틀어 유례를 찾아보기 힘든 여성 형상이다. 초옥만큼 사랑을 위해 결연한 의지와 극단적인 행동을 보인 사례도 드물거니와 게다가 초옥은 다른 애정소설의 여주인공과 달리 유부녀다. 초옥은 유부남과의 불륜을 진정한 사랑이라 공공연히 주장했다. 비슷한 처지의 순매가 보였던 소극적 태도와 비교할 때 초옥의 파격성은 더욱 두드러진다. 작품의 구체적 상황 설정과 디테일의 측면, 특히 초옥을 바라보는 초반부와 중반부의 시각 차이로 볼 때 초옥은 실제 존재하던 인물을 모델로 삼은 형상이 아닐까 한다. 그렇게 본다면 중반부 초옥의 형상은 리얼리즘에 입각한 묘사와 서술 속에 때때로 초옥의 진심을 포착하여 그 진정의 일단을 드러낸 결과라 할 수 있다. 그러나 19세기 후반의 조선 사회에서 초옥이라는 인간형을 온전히 이해하는 것은 불가능한 일이었을 것이다. 이 때문에 작자는 초옥을 의기 있는 협객으로, 초옥의 사랑을 '협객의 포의지교'로 해석하며 작품을 마무리한 것으로 보인다.

「포의교집」은 기존의 관습으로 이해할 수 없는 새로운 인간형을 내세워 새로운 사랑의 방식을 극단적인 형태로 전개해 보였다. 초옥이 제기한 '사랑의 윤리'에 대해서는 이미 적지 않은 연구가 진행되어 왔으나, 이 책의 새로운 독자들 앞에 지금도 여전히 새로운 해석의 길이 열려 있다고 본다. 아울러 서사의 긴장을 풀지 않으면서 흥미진진한 서술을 이어 가다가 한국 고전소설사 초유의 캐릭터 초옥을 생동하는 인물로 형상화하며 폭발력 강하게 작품의 절정에 이른 뒤 훗날의 짧은 만남과 후일담을 덧붙여 여운을 남기는 형식 또한 이 작품의 미덕이다. 서양풍西洋風에 날아간 초옥의 소식은 역시 서양풍에 사라져 간 한국 한문소설의 운명을 떠올리게 한다. 초옥이 남긴 여운만으로도 이 작품은 한국 한문소설사의 마지막 장을 장식한 작품의 하나로 기록될 만한 가치가 있다.

정길수

찾아보기

ㄷ

ㅁ

ㅂ

ㅍ

ㅎ